Ein

SAMMELSURIUM

von Kurzgeschichten
von Biggy Losert

*Freundinnen sind wie Sterne,
man kann sie nicht immer sehen,
sie sind aber immer da*

Inhaltsverzeichnis

Aus dem Labyrinth

(nach einer wahren Begebenheit)

„Herbert, ich kann nicht mit Dir da hinein gehen."
„Wieso? Hast Du einen Bürotermin?"
„Nein, nein. Ich habe keinen Termin, aber ich
werde nicht mit *Dir* da hinein gehen."
„Ich verstehe nicht...?"
„Ich werde es kaufen, mitsamt der bunten Couch,
aber... aber ohne dich. Es tut mir leid."

Eine Woche zuvor:
„Ich vereinbare den Notartermin für
Freitagmorgen, passt Dir das?"
„Ah hah ih Hehribhauhluch."
„Wie bitte?"
Kathi nimmt die Zahnbürste aus dem Mund und
versucht es noch einmal: „Da habe ich
Betriebsausflug, geht es am Montag darauf?"
Herbert blättert eifrig in seinem Terminkalender.
„Vergiss nicht, dass ich am Wochenende zu
meinen Eltern hinausfahre. Ich werde dann
montags direkt zum Notar kommen."
Kathi seufzt erleichtert. Zum Glück hat sie
versprochen die Katze der Nachbarin am
Wochenende zu füttern. Sie kann daher *leider*
nicht zu den zukünftigen Schwiegereltern
mitkommen. Ihre Gesichtsmuskeln schmerzen allein
beim Gedanken an das krampfhafte
Aufrechterhalten des Dauerlächelns. Während
Herbert den Termin telefonisch fixiert, springt Kathi
energisch in ihre Jeans und versucht die ewig

wilde Mähne zu bändigen. Sie sucht ihren zweiten Schuh, schnappt Tasche und Jacke und versucht, dem telefonierenden und durch ihr Näherkommen irritiert stotternden Herbert einen Abschiedskuss zu geben. Als Kathi die kleinen, nervösen Schweißperlen auf seiner Nase sieht, wirft sie ihm stattdessen eine Kusshand zu und verschwindet Richtung Büro.

Am Weg dorthin liebäugelt Kathi wieder mit der großen, bunten Couch in der Auslage eines Möbelladens. Jeden Tag steht sie hier und stellt sich vor, wie sie gemütlich darauf lümmelnd vorm Kaminfeuer ein Buch liest. Herbert sagt, sie ist zu groß und zu bunt.

„Vielleicht gibt es auch andere Bezüge", überlegt Kathi. Aber gerade das Bunte macht die Couch eigentlich aus.

Die Wettervorhersage für Freitag könnte besser nicht sein, der Verlag hat sich wieder einiges für den jährlichen Betriebsausflug ausgedacht. Das Zusammenkommen außerhalb des Büros trägt immerhin maßgeblich zum hervorragenden Arbeitsklima bei. Kaum einer verließ in den vergangenen Jahren vor dem Morgengrauen die Runde. Diesmal ist Treffpunkt am Strohfest. Ein Stadel voller Strohballen mit Bar und allem was dazugehört. Es gibt mehrere Gruppen, die bestimmte Aufgaben erfüllen müssen: Sackhüpfen, ein Bild malen, ein Lied texten und vorführen, einen Dinosaurier aus Knetmasse formen und einen Schatz in einem Labyrinth finden, das in ein riesiges Maisfeld geschnitten ist. Die Leute sind gut drauf, quatschen und lachen durcheinander und beschweren sich spaßhalber über die gelosten

Teammitglieder. Kathi kichert und schwatzt mit ihren Kollegen, die eigentlich ihre besten Freunde sind. Kathis Gruppe hat ein tolles Bild gemalt und ein gelungenes Lied getextet, nur der Dino sieht aus, als wäre gerade die Eiszeit angebrochen. Jetzt muss ein vom jeweiligen Team gewähltes Mitglied den Schatz im Maisfeld finden. „Kathi, Kathi, Kathi!", rufen alle im Sprechchor.

„Na gut, na gut!", gibt sie sich lachend geschlagen. Auf Los verschwinden sieben Mitarbeiter an verschiedenen Eingängen zwischen den grünen Stängel. Das Feld ist riesig und Kathi fragt sich, ob sie hier jemals wieder herausfinden wird. Die Gänge sind eng und immer wieder schlägt Kathi ein Blatt ins Gesicht. Aber sie ist wild entschlossen, als erste den Schatz aus dem Labyrinth zu bringen. Es ist dunstig. Kathi irrt schon minutenlang zwischen den fast reifen Maiskolben umher, immer wieder tun sich neue Abzweigungen auf. Kathi verlässt mutig die gerade, taktisch klügere Route und biegt einfach ab. Plötzlich steht Sascha vor ihr und beiden entfährt ein leiser Schrei. Der Sascha, der ihre Kaffeemaschine immer wieder repariert, der sie immer zum Lachen bringt, auch wenn er seine Beiträge nicht zeitgerecht liefert. Der sie einmal vor dem Chef in Schutz genommen hat, obwohl sie echt etwas verbockt hatte. Der ihr immer das letzte Stück Obst aus der Küche reserviert. Jetzt steht er wie angewurzelt vor ihr, mit nacktem Oberkörper, verschwitzt mit Poloshirt in der Hand und sieht ihr fest in die Augen. Kathi trifft es wie der Blitz. In ihrem Bauch summt ein Schwarm Bienen um die Wette. Es fühlt sich zumindest so an.

„Das ist mein Mann", denkt sie benebelt aber doch klarer als sie je zuvor in ihrem Leben etwas begriffen hat. Sekundenlang schauen sie sich in die Augen. Zugleich machen sie einen Schritt aufeinander zu. Kathi hat den Schatz gefunden.

„Mama, stimmt das eigentlich?"
„Was denn, Murkelchen?"
„Papa sagt, Du wolltest mit dem Herbert unser Haus kaufen und hast ihm vor dem Papierkramtermin stehen lassen?"
„Ja. Den Papierkram macht übrigens ein Notar."
„Und Du hast das Haus noch am selben Tag mit Papa gekauft obwohl ihr vorher nur drei Tage zusammen wart?"
„Ja mein Schatz, so war das."
„Aber woher wusstest Du, dass Du mit Papa zusammenbleiben willst, ihr habt Euch doch gar nicht richtig gekannt?"
„Manche Dinge weiß man eben."

Grau auf bunt

Feddersen war einer, der seine Hausschuhe, wenn er sie auszog mit Schuhsteckern versah und sie parallel zur Abtropftasse abstellte. Auch sonst führte er ein wohlgeordnetes Leben wie ein Schweizer Uhrwerk.

An einem Donnerstag im November verließ Feddersen sein Büro pünktlich um 17.30 Uhr.

Der Pförtner in der Empfangshalle sagte: „Pünktlich wie immer, Herr Feddersen."

„Stimmt genau", sagte Feddersen. „Auf Wiedersehen."

Nachdem er die üblichen drei Minuten an der Haltestelle gewartet hatte, stieg Feddersen in einen Bus der Linie 60. Dabei sprach er ein paar Worte mit dem Busfahrer Willy Otremba. Der fuhr schon immer diesen Bus.

„Schöner Abend heute", sagte Feddersen.

„Soll aber noch regnen", gab Otremba zurück.

„Dabei hatten wir doch in letzter Zeit eine ganze Menge Regen", sagte Feddersen.

„Da haben Sie Recht."

Freundlich nickend ging Feddersen weiter und blieb plötzlich wie erstarrt stehen. Der Bus war immer leer, wenn er ihn betrat, weil es die zweite Haltestelle der Linie 60 war und bei der ersten nie jemand zustieg. Er saß immer am Platz hinter der Ausstiegstüre. Doch heute saß etwas Schrilles, Buntes auf seinem Stammplatz. Feddersen war so irritiert, dass er die etwa in seinem Alter auffallend farbig gekleidete Dame mit roter Mütze entsetzt anstarrte, die gerade mit einer Kamera hantierte. Sie bemerkte, dass Feddersen sie fixierte, hob den Kopf, kurz darauf die Kamera und drückte ab. Dann lachte sie laut und warf den Kopf dabei in den Nacken.

„Es tut mir leid, ich konnte nicht anders, Du hättest Deinen Blick sehen sollen."

Feddersen war es nicht gewohnt geduzt zu werden und wirkte noch mehr verstört.

„Äh... Sie, äh... Sie sitzen auf meinem Platz", stammelte er unsicher.

Die Dame mit der buntgemusterten Jacke, dem gestreiften Rock und der geblümten Strumpfhose lachte jetzt noch mehr.

„Sorry, ich wusste nicht, dass es hier Platzreservierungen gibt." Sie hob ihre knallrote Handtasche und den Fotorucksack auf ihren Schoß und meinte:

„Komm, hier ist Platz für uns beide."

Feddersen überlegte einen Moment lang, setzte sich dann aber neben sie und hob seine Aktentasche auf seine Knie.

„Hallo, ich bin Romy." Die grelle Dame hielt Feddersen die Hand hin.

„Ehm, angenehm Feddersen."

„Feddersen also. Hast Du auch einen Vornamen oder wurdest Du auf Feddersen getauft?". Wieder lachte Romy herzlich.

„Cornelius Feddersen."

Feddersen war total aus der Bahn geworfen. Ihn hatte noch nie jemand im Bus angesprochen außer Otremba. Er war verwundert über sich, dass er das Angebot angenommen hatte, sich den Sitzplatz zu teilen. Aber er mochte Romys sonniges Lachen.

„Ich möchte ein paar Fotos machen, zeigst Du mir die Stadt?"

„Aber... aber es ist ja schon dunkel."

„Ich möchte auch eher das Nachtleben dokumentieren, ich recherchiere gerade für einen Artikel."

„Ach so", hörte sich Feddersen sagen. Er sollte eigentlich nach Hause, essen richten, abwaschen, fernsehen und um 23 Uhr ins Bett. Am nächsten Morgen musste er schließlich ins Büro.

„Ich könnte Ihnen, äh... dir schon einiges zeigen."

Was hatte er da gerade gesagt? Er würde mit einer wildfremden Frau durch die Innenstadt ziehen? Zu all den Lokalen, die er bis dato strikt gemieden hatte? Feddersen war überrascht von seiner Antwort. Romy war sichtlich froh, dass sie einen ortskundigen Begleiter dabeihatte und quatschte vergnügt drauf los. Sie erzählte von ihrem Job als Journalistin und wie sie es liebte, dadurch Land und Leute kennenzulernen. Feddersen hörte Romy gebannt zu und taute mit jedem ihrer Worte ein bisschen mehr auf. Er begann zu lächeln, zu antworten, von sich zu erzählen, seinem langweiligen Job und seinem beschaulichen Leben. „Du musst dein Büro mal ordentlich aufmischen, Conni. Tanz mal am Tisch mit deinen verstaubten Kollegen." Bei der Vorstellung musste Feddersen laut lachen. Otremba lenkte währenddessen den Bus vorbei an Feddersens Haltestelle und schaute verdutzt in den Rückspiegel. Als er Feddersen sah, musste er lächeln. So hatte Otremba ihn noch nie erlebt. In der Innenstadt stiegen die beiden aus und Feddersens Schritte waren erstaunlich beschwingt.
Er zeigte Romy jeden Winkel in der Innenstadt und wusste bemerkenswert viele Geschichten zu erzählen, die lange seinem hintersten Hirnwinkel geschlummert hatten. Sie aßen beim Würstelstand, tranken da und dort ein Gläschen, Romy fotografierte und machte sich Notizen. Feddersen posierte mit dem Würstchen quer im Mund und schnitt Grimassen. Er fühlte sich plötzlich so unbeschwert und leicht wie in der Zeit bevor seine Frau verunglückt war.
Als es zu regnen begann, flüchteten die beiden geschützt unter Feddersens Aktentasche in ein Kino, wo sie sich eine Liebeskomödie ansahen. Gegen Ende nahm Romy Feddersens Hand und flüsterte:
„Ich mag dich."
Feddersens Bauch fühlte sich plötzlich an, als wäre er voll mit gerade geschlüpften Schmetterlingen, die sich

wahnsinnig freuten, nach der langen Zeit im Kokon endlich ihre Flügel entfalten zu dürfen.

„Da geht es mir genauso", erwiderte er fast schüchtern. Hand in Hand verließen sie zur später Stunde das Kino und Feddersen sein altes Leben. Als er Stunden später seine Wohnung betrat, dämmerte es schon. Er kickte seine Schuhe in ein Eck, zog die Schuhspanner aus den Hausschuhen, warf sie beiseite und stellte die Hausschuhe schräg neben die Abtropftasse. Dann lachte er und ging barfuß in die Wohnung.

Steinbergs Vermächtnis

Losenitzky spielte mit seinen Kindern Mensch-ärgere-Dich-nicht, als sein Handy vibrierte. Er deutete seiner Frau, dass sie übernehmen solle. Karin warf ihm einen verächtlichen Blick zu und setzte sich zu den beiden, während ihr Mann in den Vorraum verschwand.
„Moritsch, was gibt´s?"
„Wir haben einen Toten."
„Mist, ausgerechnet jetzt! Schick mir die Adresse, bin am Weg."
Er nahm seine Jacke und rief:
„Ich muss los."
Karin folgte Losenitzky zur Tür und raunte ihm zu: „Wenn Du übermorgen nicht mit uns im Flieger sitzt, kannst du die beiden Wochen nützen, um aus der Wohnung zu verschwinden."
Losenitzky kniff die Augen zusammen und verließ wortlos das Haus. Er fuhr in die Villengegend der Stadt und schlüpfte unter der Polizeiabsperrung durch in einen verwunschenen Garten.
Auf der Terrasse lag ein grauhaariger Mann auf dem Bauch in einer Blutlache, daneben eine Pfeife.
Losenitzky sah nach oben. Der Gerichtsmediziner Haberland, der sich gerade an der Leiche zu schaffen machte, begrüßte den Kommissar knapp. Er erwiderte den Gruß und fragte:
„Was haben wir?"
„Julius Steinberg, 65, Inhaber der Steinberg-Werke, vermutlich vom Balkon gestürzt. Todesursache Schädelbruch und weitere innere Verletzungen durch den Aufprall. Die Balustrade vom Balkon ist nicht sehr hoch, könnte ein Unfall gewesen sein."
„Oder jemand hat ihn geschubst...Todeszeitpunkt?"

„Zirka zwischen zwanzig und zweiundzwanzig Uhr gestern Abend, Genaueres weiß ich erst nach der Obduktion."

„Wann krieg ich den Bericht?"

„Morgen früh sollte ich schaffen."

„Und wer ist er?", Losenitzky zeigt auf einen verstört wirkenden, älteren Mann im Anzug, der gerade von einem Beamten befragt wird.

„Ein Freund der Familie, er hat ihn gefunden."

„Kommissar Losenitzky, guten Tag. Sie haben Herrn Steinberg gefunden?"

„Rudolf Kronbichler, grüß Gott", sagte der bleiche Mann. „Wir hatten eine Verabredung, der Julius und ich. Als keiner öffnete, bin ich durch die Gartentür und plötzlich lag er hier."

„Darf ich fragen, worum es bei dem Treffen ging?"

Der alte Mann zuckte mit den Schultern.

„Julius hielt sich bedeckt über den Grund des Termins. Ich bin Notar. Ich nehme an es ging um die geplante Überschreibung der Firma an Julius´ Söhne. Frau Steinberg ist vor einem Jahr verstorben und er hatte scheinbar nicht mehr genug Elan um die Firma zu leiten."

Der Kommissar zog eine Braue hoch.

„Der Balkon, zu welchem Zimmer gehört der?"

Losenitzky nickte nach oben.

„Zu Julius´ Arbeitszimmer."

Losenitzky betrat die Villa und ging in den ersten Stock, in dem die Spurensicherung gerade den Balkon untersuchte. Er streifte durchs Zimmer und zog sich Handschuhe an. Der Kommissar verlangte von den Kollegen der Spurensicherung einen Plastikbeutel. Er kippte den Inhalt des Papierkorbs hinein und packte einen leeren Block dazu, der am Schreibtisch lag. Dann setzte er sich zum Schreibtisch und öffnete alle Laden. Eine war versperrt. Am Schlüsselloch waren Kratzer. Ein Beamter betrat den Raum.

„Herr Kommissar, die drei Söhne der Leiche sind eingetroffen, sie warten im Wohnzimmer auf Sie."
Losenitzky ließ den Blick noch einmal durch das Zimmer schweifen. Außer dem braunen Ledersofa mit sorgfältig gefalteter, roter Decke und Beistelltischchen, dem Schreibtisch samt Drehstuhl und den Einbauschränken gab es keine Möbel.
Im Wohnzimmer erwarteten drei Männer um die vierzig den Kommissar. Einer hatte den Kopf in den Händen verborgen, die beiden anderen starrten auf den Boden.
„Guten Tag und mein Beileid. Losenitzky, ich leite die Ermittlungen im Falle Ihres Vaters."
„Ermittlungen? Das war doch ein tragischer Unfall?", wollte der älteste von den Steinberg Söhnen wissen.
„Das ist möglich, aber wir müssen ausschließen, dass jemand nachgeholfen hat."
„Oh, Verzeihung, ich habe mich gar nicht vorgestellt. Frederik Steinberg, das sind meine Brüder Johann und August."
Losenitzky reicht den dreien die Hand.
„Hatte Ihr Vater Feinde?"
Die Brüder sahen sich fragend an: „Naja, Vater leitet äh... leitete die Steinberg-Werke. Natürlich gibt es Geschäftspartner, mit denen es öfter gekracht hat, aber dass ihn deshalb jemand etwas antut...?"
„Es tut mir leid, aber ich muss Sie das fragen, wo waren Sie gestern Abend zwischen zwanzig und zweiundzwanzig Uhr?
Johann Steinberg antwortete als erster: „August, meine Schwägerin und ich waren beim Italiener in der Seilerstraße. Wir mussten noch einige Dinge für die Vorstandssitzung nächste Woche besprechen."
August Steinberg fügte hinzu: „Wir haben gegen neun das Lokal verlassen und sind nach Hause gefahren. Marlies und ich sind bald darauf schlafen gegangen."
„Und warum waren Sie nicht dabei?"
Losenitzky schaute Frederik Steinberg an.

„Ich hatte meine Agenda für die Sitzung schon ausgearbeitet. Ich habe mir den Tatort im Ersten angesehen, danach bin ich gleich ins Bett."

„Ha", sagte Losenitzky, „den haben wir auch geschaut, für meine Frau war die Szene am Friedhof fast ein wenig zu makaber."

„Ja, das stimmt, die war gut gemacht. Zum Glück hat meine Frau nicht mitgeschaut, sie ist mit den Kindern ein paar Tage bei ihren Eltern. Wann können wir uns um Vaters Beisetzung kümmern?", Frederik Steinberg sah Losenitzky fragend an.

„Ich melde mich bei Ihnen, wenn der Leichnam von der Gerichtsmedizin freigegeben wird. Solange müssen Sie leider Geduld haben."

Der Kommissar verabschiedete sich und ging in den Garten. Sein Kollege Moritsch veranlasste gerade den Abtransport der Leiche.

„Moritsch, können Sie mir bitte alles über die drei Söhne und den Notar herausfinden?"

„Was meinen Sie mit ‚alles'?"

„Alles eben, befragen Sie Freunde der Familie, Kontodaten, Gesprächsnachweise und es macht nichts, wenn es schnell geht. Ich muss noch etwas mit der Spusi abklären und fahre danach in die Steinberg Werke. Mal sehen, was ich da herausfinden kann."

Losenitzky besprach kurz etwas mit dem Leiter der Spurensicherung und fuhr quer durch die Stadt zu einem der größten Baumaschinenhersteller Europas. Der Portier meldete ihn bei Julius Steinbergs Sekretärin an.

„Oh Gott, wie schrecklich! Wir sind gestern noch alles für die Vorstandssitzung nächste Woche durchgegangen!"

Frau Abernik reagierte geschockt auf die Nachricht, dass ihr Chef nicht mehr am Leben war.

„Was war denn die Agenda der Sitzung?", wollte Losenitzky wissen.

„Ach, Herr Steinberg wollte sich aus dem Geschäft zurückziehen, die Söhne sollten die Firma übernehmen. Davor wollte er noch einen Teil der Firma verkaufen, das hat August und Johann gar nicht gefallen."

„Gab es deswegen Streit?"

„Ja, immer wieder. Die Söhne fürchteten, dass die Firma massiv darunter leiden würde, Herr Steinberg wollte sich aber mit dem Geld einen schönen Lebensabend machen."

Losenitzkys Handy vibrierte.

„Haberland, was gibt's?"

„Ich habe rote Fussel am Rücken des Sakkos des Toten gefunden, kann sein, dass er mit etwas Weichem gestoßen wurde, um Hämatome zu vermeiden. Er hatte übrigens am Tag seines Ablebens noch Sex, falls Sie das interessiert."

„Ja immer. Bitte gleichen Sie die roten Fasern mit der Decke auf der Couch im Arbeitszimmer ab, bis dann."

Losenitzky fuhr nach Hause, wo seine Frau gerade Koffer packte. Sie ignorierte ihren Ehemann. Er war nicht sicher, ob er auch packen sollte deshalb ging er duschen und legte sich zum Schlafen auf die Couch. Am nächsten Morgen weckte ihn ein Anruf von Moritsch.

„Chef, ich habe einige Neuigkeiten im Fall Steinberg. Die Schwiegertochter Marlies Steinberg, die übrigens dreizehn Jahre älter ist als August, hat laut Nachbarin öfters den alten Steinberg aufgesucht. Außerdem haben die beiden regelmäßig miteinander telefoniert."

„Sieh mal einer an."

Moritsch fährt fort: „Sie hatten übrigens recht mit dem Block vom Arbeitszimmer, darauf gibt's Abdrücke von einer Niederschrift. Die Spusi ist dran. Und im Papierkorb war ein Kuvert der Firma BeSure. Ich werde mich mal schlau machen, was die mit den Steinbergs zu tun hatten. Ach ja, noch was. In Steinbergs Kalender steht um 15 Uhr am Tag des Mordes der Termin mit Kronbichler. Ich habe den Notar darauf angesprochen,

Steinberg hat ihn angeblich verschoben auf gestern Vormittag."

„Danke, Moritsch." Der Kommissar machte einen Abstecher zu Marlies Steinberg und fuhr danach gedankenversunken ins Revier. Er ging gleich zur Spusi und unterhielt sich mit den Kollegen.

„Aha, jetzt ist mir einiges klar, danke Jungs, habt Ihr gut gemacht." Der Kommissar nahm ein Blatt Papier an sich und wechselte ein paar Worte mit Moritsch.

„Haben wir das schriftlich?", fragte Losenitzky. Moritsch nickte.

„Dann holen Sie mir bitte die Steinbergsöhne und den Notar aufs Revier."

„Ist das nicht zu früh?", fragte Moritsch unsicher.

„Nein, ich weiß wer es war, mir war bis jetzt nur nicht klar warum."

Losenitzky betrat den Raum souveränen Schrittes in dem August, Johann, Frederik und der Notar Platz genommen hatten.

„Wie sieht es aus, Herr Kommissar, haben Sie die Todesursache unseres Vaters klären können?", wollte Frederik Steinberg von Losenitzky wissen.

„Er wurde gestoßen, es war also Mord. Ein Motiv hatten sie alle", antwortete Losenitzky knapp.

„Wie bitte?", fragte der Notar mit belegter Stimme. Marlies Steinberg hatte eine Affäre mit Julius Steinberg. Sie wollte mit ihm die Pension genießen. Für Marlies hätte er einen Teil der Firma verkauft."

August Steinberg wurde bleich. „Wie bitte? Das wusste ich nicht!". Losenitzky schaute ihn skeptisch an und wandte sich Johann Steinberg zu.

„Sie sind dahintergekommen und haben ihrem Bruder davon erzählt, weil Sie partout nicht verkaufen wollten. Deshalb das Treffen beim Italiener, bei dem laut Aussage von Marlies Steinberg heftig gestritten wurde. Der Teilverkauf hätte Arbeit von vielen Jahren kaputt gemacht."

„Mag ja sein", lenkte August Steinberg ein, aber ich habe Vater nichts angetan! Das müssen Sie mir glauben!"

Losenitzky fuhr unbeirrt fort:

„Wir haben ein Kuvert der Firma BeSure gefunden, Julius Steinberg hat dort einen DNA-Abgleich machen lassen. Mit dem Ergebnis, dass Sie", und jetzt wandte sich der Kommissar Frederik zu, „nicht sein leiblicher Sohn sind."

Frederik starrte Losenitzky mit aufgerissenen Augen an.

„Wie bitte?"

„Marlies Steinberg hat ausgesagt, dass Herr Kronbichler im Hause Steinberg ein und aus gegangen war, bis zu dem Zeitpunkt als Ihre Mutter verstarb, da hörten die Besuche rasch auf. Herr Kronbichler ist ihr leiblicher Vater. Das 15 Uhr-Treffen wurde nicht verschoben. Sie Herr Notar, haben den Termin sehr wohl wahrgenommen. Julius Steinberg stellte Sie zur Rede und wollte, dass gerade Sie ein neues Testament aufsetzen, in dem Frederik Steinberg nicht bedacht werden würde. Er hatte es schon handschriftlich vorbereitet, wir haben den Text, der sich auf dem Block durchgedrückt hatte, rekonstruieren können."

„Aber ich habe Julius nichts angetan!", dem Notar stand der Schweiß auf der Stirn. „Gestern Morgen wollte ich noch einmal mit Julius über alles reden. Ich habe ihn aber schon tot aufgefunden."

„Nein, Sie haben Herrn Steinberg nichts angetan, aber Sie haben Frederik die Wahrheit gesagt und ihn gewarnt. Er hat drei Kinder, eines davon ist schwer behindert. Die Therapien kosten eine Menge Geld und den hohen Lebensstandard wollte er keinesfalls aufgeben, zudem er plötzlich drei Halbgeschwister und damit Miterben seines leiblichen Vaters hatte. Also musste Julius Steinberg aus dem Weg geschafft werden, bevor er das Testament ändern konnte."

Jetzt wandte sich Losenitzky an Frederik, der lässig abwehrende Handbewegungen machte.

„Sie fuhren zu Julius Steinberg, passten den Moment ab, in dem er wie jeden Abend seine Zigarre am Balkon rauchte und stießen ihn mit der gefalteten Decke über Ihren Händen über den Balkon, damit keine Kampfspuren sichtbar sein würden. Dann haben Sie sich Zugang zu der versperrten Schreibtischlade gemacht und Gentest und Testamentsentwurf verschwinden lassen. Der Mord war fast perfekt."

„Was für ein Schwachsinn, ich sagte Ihnen bereits, dass ich den Abend vor dem Fernseher verbracht habe."

„In dieser Tatortfolge gab es keine Szene am Friedhof. Ich musste nur noch herausfinden, warum Sie beim Alibi gelogen hatten. Bitte folgen Sie meinem Kollegen, ich habe noch einen Flug zu erreichen. Meine Herren", Losenitzky nickte in die Runde und verließ eilig den Raum.

One Moment in Time

Es war der Sommer 1988, ich hatte mir von meinem
Taschengeld meine ersten LPs von Whitney Houston,
Michael Jackson und natürlich den Soundtrack von
Dirty Dancing geleistet. Es war „*The Time Of My Life*",
wie mir Jennifer Warnes aus dem Herzen trällerte. Wir
trugen Bundfaltenjeans mit Neongürtel, dazu Jogging
Highs und schlabbrige Sweatshirts, kein Wunder, dass
meine beste Freundin Nina und ich noch keinen Freund
hatten. Allerdings waren alle anderen auch nicht
besser gekleidet, im Nachhinein betrachtet fragt man
sich wie sich die Menschheit in den 80ern vermehren
konnte...
Ich hatte sehr langes, dichtes, blondes Haar und
diesbezüglich leider die wahrscheinlich schlechteste
Idee meines Lebens. Ich ließ mir Dauerwellen machen,
wahrscheinlich um in den 80ern weniger aufzufallen
oder es Jennifer Beals gleichzutun, der wahre irrwitzige
Antrieb ist mir leider nicht mehr erinnerlich.
Bedauerlicher Weise war die nicht sehr begabte
Friseuse zu bequem um ewig herumzuwickeln und so
schnitt sie mir zwei Stufen in meine schönen Haare, was
ich sofort bitter bereute, mich aber nichts dagegen
sagen traute. Ich war seit meiner Kindheit kurzsichtig
und trug eine Brille. Selbst meine langen Beine und
meine damals recht ansehnliche Figur – was ich leider
nicht als solches wahrgenommen hatte, (was gäbe ich
heute dafür?) – konnten mein schlechtes
Selbstbewusstsein wettmachen. Ich war überaus
schüchtern und taute nur in vertrauter Umgebung auf.

Jedenfalls fand ich mich im jenem Sommer 88´ vor der
Tanzschule stehend wieder, wie in einem schlechten
Film: 'Er' auf der Rückbank des Autos sich nach mir
umdrehend und ich wie gelähmt ‚ihm'

hinterherstarrend, mit zugeschnürter Kehle und meine Schüchternheit hassend. Im schlechten Film hätte sich die Protagonistin, wie der Name schon sagt, wahrscheinlich just in diesem Moment heldenhafter verhalten und wäre dem Auto nachgerannt. Sie hätte etwas unternommen, irgendetwas. Aber ich stand einfach da, fühlte mich klein und dumm mit einem Kloß im Hals so dick wie eine Ofenkartoffel und hoffte auf ein Wunder. Da hoffte ich lange...

Wie kam es aber zu dieser sehr bedauerlichen Szene? Nina und ich beschlossen im Herbst 1987 einen Tanzkurs im nicht allzu weit entfernten Baden zu beginnen. Wir wollten endlich raus, was erleben, Leute kennenlernen. Also meldeten wir uns bei der „Tanzschule Hein" zum Grundkurs an. Wir bekamen Lichtbildausweise und waren mächtig stolz und aufgeregt, als es endlich losging. Wir sollten wir fortan mit der Bahn nach Baden jetten um langsame Walzer-, Samba- und Cha-Cha-Cha Schritte zu erlernen. Also schmissen wir uns in einen schwarzen Rock und eine lange Bluse – natürlich mit Schulterpolstern und ausladendem Kragen - die wir mit einem losen, breiten Gürtel in der Taille zusammenhielten. Ein Bändchen zähmte meine Löwenmähnen-Dauerwellen und meine schwarzen Ballerinas trugen mich in meine erste Tanzschulstunde. Der Saal war gesteckt voll. Aber er ist mir sofort aufgefallen. Der große, dunkelhaarige Typ gegenüber mit den kastanienbraunen, gütigen Augen stach aus der Menge hervor. Ich war sofort über beide Ohren verknallt, zum ersten Mal in meinem Leben, wenn man von Schwärmereien in der Firmstunde absieht. Ich glaube ihm fiel sofort auf, dass ich ihn am Radar hatte, bei meinen schmachtenden Blicken kein Wunder. Oder Nina und ich sind einfach durch unser albernes Kichern – das uns übrigens bis heute geblieben ist – aufgefallen. Als der Tanzlehrer die Herren – also eher junge Bürschchen – ermutigte, eine Dame aufzufordern, startete Kastanienauge tatsächlich in meine Richtung.

Ich wurde nervös. Einerseits weil ich nicht wusste, was ich sagen sollte, wenn er mich auffordern würde, andererseits wenn er es nicht täte, gäbe es nichts Peinlicheres als am Rand zu sitzen, da es freilich viel mehr tanzfreudige Mädchen als Burschen gab. Ich merkte, wie meine sonst so trockenen Handflächen feucht wurden und wischte fahrig an meinem Rock herum. Keine drei Sekunden später stand Kastanienauge vor mir und stellte für eine Tanzschülerin die Frage aller Fragen: „Darf ich bitten?"

„Ähm, mhm", stammelte ich und wünschte mir, dass mir jemand von oben einen riesen Kübel voller Selbstbewusstsein drüber schütten würde. Wir mussten in die Grundstellung gehen. Er nahm meine Hand in seine und legte die andere auf meine Taille. Meine Knie wurden weich. Mein Gott, wie gut der roch! Tanzen ist schon etwas sehr Intimes. Zum Glück stellte ich fest, dass seine Hände auch nicht staubtrocken waren, die Herren schwitzten mit ihren Sakkos und Hemden in dem stickigen Saal wie verrückt. Wir lernten den Grundschritt vom langsamen Walzer. Kastanienauge war nicht gerade der Fred Astaire unter den Tanzschülern, aber gerade das brachte ihn immer wieder dazu, mich verlegen und sich entschuldigend anzulächeln, wenn er mir mit seinen Riesenlatschen auf meine Zehen trat. Ich hätte ihm sogar verziehen, wenn er mit Steigeisen drauf gesprungen wäre. Nach der Pause war Damenwahl. Auf meinem Weg zu Kastanienauge überholte mich eine Bekannte aus meiner Jazztanzgruppe und schnappte mir den zukünftigen Vater meiner Kinder vor der Nase weg. Sie hatte auch ein Auge auf ihn geworfen und wir standen fortan diesbezüglich auf Kriegsfuß. Ich bog enttäuscht ab und fragte Kastanienauges Freund ob er mit mir tanzen würde. Bei ihm war ich zum Glück locker genug, so dass ich auch das ein oder andere Wort über die Lippen bekam. In den folgenden Wochen, wenn sich meine Bekannte beim Auffordern zwischen meinem Schwarm und mich drängte, tanzte ich mit Peter, dem Freund von Otto wie er Kastanienauge nannte. So erfuhr ich einiges über die beiden. Sie wohnten in Pottendorf und gingen auf die Militärakademie in Wiener Neustadt. Daher kam also der durchtrainierte Körper der beiden. Irgendwie assoziierte ich in meiner infantilen Art die Militärakademie mit dem 1986 erschienenen Song „You´re in the army now" von Status Quo und hörte, in Tagträumen versunken, das Lied auf meinem Kassettenrecorder bis die Bänder eierten. Ich merkte, wenn ich mit ihm tanzte, dass er mich auch sympathisch fand und wir wurden auch ein wenig vertrauter, obwohl er sich genauso in der „ich-weiß-nicht-so-recht-was-ich-sagen-soll" Patsche befand wie ich. Unsere Blicke trafen sich und wir lächelten uns zurückhaltend an. Ich merkte, dass er mich beobachtete, wenn ich mit meinen Freundinnen rumalberte. Mit meiner heutigen Erfahrung würde ich einfach drauf losquatschen und ausloten, ob mein Gegenüber die gleichen Sympathien für mich hegt wie umgekehrt. Aber damals hätte ich mir eher einen Arm abgehackt als zu sagen: „Hey, magst du dich mal auf ein Eis treffen? Würde gern mal mit dir plaudern und mehr über dich erfahren!".

Ich hätte wahrscheinlich mit dem Stand meiner damaligen Persönlichkeitsentwicklung eine Abfuhr als schwerwiegendes Trauma erlebt und den Rest meines Daseins in einem Kloster gefristet.

Statt aus mir herauszugehen saß ich an den Tagen zwischen den Samstagen daheim und dachte an meine erste große Liebe voller Sehnsucht und gleichzeitig voller Angst ihn nach Ende der Tanzschule nie wieder zu sehen. Ich schrieb auf einem rosa Snoopy-Briefpapier einen Liebesbrief an Otti, wie ich ihn zärtlich nannte. Ich zählte die Tage und die Stunden bis zum nächsten Kurs. Als er dann im Anzug gütig lächelnd vor mir stand war alles wieder gut, denn ich durfte für eineinhalb Stunden in seinen Armen liegen, wenn auch nur für Rumba oder Paso Dobl. Statt ihn zu fragen, ob er einen Ball mit mir eröffnen oder zu einer der Tanzschulparties gehen wollte, wartete ich darauf, dass er endlich etwas sagte. Aber er sagte auch nichts.

Und dann kam das Ende des Grundkurses. Ich war total fertig, ich musste eine Telefonnummer oder die Adresse von ihm wissen! Aber ich traute mich nicht, ihn danach zu fragen. Und so stand ich mit Tränen in den Augen vor der Tanzschule und sah dem davonfahrenden Auto nach. In dem Moment als er sich zu mir umdrehte, wusste ich, dass es ihm ebenso ergangen sein musste. Wir sahen uns an und waren wie versteinert.

Nina und ich wussten Peters Nachnamen. Wir riefen vom Münzautomaten unserer Schule in der Freistunde sämtliche Handlers in Pottendorf an und fragten nach Peter. Aber es gab keinen in deren Familie. Trotzdem ging mir Otto nicht aus dem Kopf und nicht aus dem Herzen.

Ein halbes Jahr später – ich trug mittlerweile Kontaktlinsen – fuhr ich von der Schule nach Hause. Ich setzte mich in die Bahn und als ich aufschaute, saß Otto keine zwei Meter mit seinen kastanienbraunen Augen vor mir. Er sah zum Fenster hinaus. Mir wurde ganz schlecht und heiß. Für eine Sekunde trafen sich unsere Blicke. Er erkannte mich nicht! Statt Tanzschulklamotten trug ich Jeans und einen Trenchcoat und hatte die Haare anders als das Jahr davor. Verdammt! Das war meine Chance! Seit Monaten suhlte ich mich in Sehnsucht und Selbstmitleid über die unerfüllte Liebe und jetzt saß Otto direkt vor mir! Es war die längste Zugfahrt meines Lebens, obwohl sie nur fünfzehn Minuten dauerte. Ich wartete, dass etwas passieren würde, dass die Bahn wegen technischem Gebrechen die Türen nicht mehr öffnen konnte und wir stundenlang gefangen waren. Oder er mir bei einem Auffahrunfall in die Arme fallen würde und ich ihn mit Mund-zu-Mund-Bearbeitung retten müsste. Mein Magen drehte sich um wie ein

Betonmischer. Kleine Schweißperlen standen auf meiner Stirn. „Hey, kennen wir uns nicht aus der Tanzschule? Schön, dich zu treffen, magst du noch mit auf einen Kaffee gehen?" Wenn ich nur irgendetwas in der Art aus mir rausgebracht hätte.
Wortlos stand ich auf, ging bei ihm vorbei und stieg aus dem Zug aus. Er hatte mich nicht bemerkt.

Wenn ich heute – 30 Jahre danach - irgendwo „You´re in the army now" höre, muss ich an Otto denken und meiner vergebenen Chancen. Was ich daraus gelernt habe? Man soll Gelegenheiten im Leben nicht ungenutzt verstreichen lassen und wenn man etwas wirklich will, dann muss man über seinen Schatten springen und dabei Niederlagen riskieren. Die Geschichte hat mich zu einer Romanidee inspiriert. Darin treffen die beiden Protagonisten nach zwanzig Jahren wieder als Chef und Assistentin aufeinander.
Vielleicht wird ja wirklich einmal ein Buch daraus.
Vielleicht liest Otto es zufällig.
Vielleicht erfährt er dann, wie wichtig er für mein damaliges Leben war, weil ich durch ihn das Verliebt sein und den Herzschmerz entdeckt habe. Weil ich gemerkt habe, dass ich lebendig bin.
Vielleicht kann ich ihm eines Tages meinen Brief überreichen.
Der Roman soll „Irgendwie, irgendwo, irgendwann" heißen.

Dackel, Katz und Ratz

An einem warmen Sommertage
liegt die schwarze kleine Katze,
Kinn an weißer, weicher Tatze
auf der Katzenkorb Matratze.
Nachbars Hund, ein kleiner Dackel
läuft mit seinem Popschgewackel
an dem Gartenzaun vorbei.
Auf einer Zaunes Latte
genießt die Wärme eine Ratte,
bestaunt die Wolken wie aus Watte,
die über ihr vorüberziehen.

Als sich die Katz´ genüsslich reckt
wird das Rattentier entdeckt
und schon liegt sie auf der Lauer
neben ihrer Gartenmauer.
Unglaublich schnell man glaubt es kaum,
springt die Katze auf den Zaun,
doch bevor sie sich die Ratte fischt,
ist diese doch schon längst entwischt.
Die Katze sucht das Gleichgewicht,
doch das findet´s leider nicht,
miaut aus tiefstem Schlund
und landet auf dem kleinen Hund.

Der Hund mit Krallen im Buckelfell
beginnt lauthals mit Gebell,
vor Zorn die Schnauze voller Schaum
jagt er die Katze auf den Baum.
Den Rest vom schönen Sommertage
hört man fortan nur Geklage
und das ängstliche Miauen
von ganz oben auf dem Baum.
Die Schreie machen alle munter,

Kätzchen traut sich nicht herunter.

Des Dackels Herr erbarmt sich ihrer sehr
und ruft schließlich die Feuerwehr.
Kurz nach dem Wählen von eins-zwei-zwei
braust sie mit Blaulicht schon herbei.
Die Männer schauen zum Baum hinauf,
stellen erst mal eine Leiter auf.

Durch die Feuerwehr schnell angelockt
und weil die Katze auf dem Baume hockt,
sammelt sich die Neugiermeute,
ganz und gar verschied'ne Leute,
mit weicher oder rauer Miene,
einer mit 'ner schwarzen Spinne
mitten im Gesicht,
doch der Herr bemerkt sie nicht.

Einer Mutters liebster Schatz,
ein frecher, kleiner Hosenmatz
schnappt sich das End vom Wasserschlauch,
wickelt ihn um seinen Bauch
und der Fratz rennt damit weg,
O weh, ohje, du lieber Schreck!

In dem ganzen Schlauchgedränge
mitten in der Menschenmenge
steigt der Feuerwehrmann Franz
dem Hund auf seinen Dackelschwanz.
Omas Lippe zornig bebt,
während sie den Gehstock hebt.
Sie schlägt den bösen Schelm
damit auf seinen Helm.

Franz wankt benommen ab und auf,
stößt gegen den Hydrantenknauf
der das Wasser spritzen lässt
und die Menge schnell durchnässt.

Die Leut´ beim auseinander Stoben
keiner schaut jetzt mehr nach oben,
werfen die Rettungsleiter um,
mit einem lauten ‚Rummskawumm'.

Die Spinne fällt dem Herren aus dem Gesicht,
doch Oma mag die Krabbelviecher nicht
und fliegt vor lauter Schreck
mit der Spinne in den Dreck.
Sie hat sich den Arm verletzt
weshalb die Rettung flott ins Dorfe hetzt.
Im Chaos währenddessen
hat man die Katze ganz vergessen.
Sie kämpft mit einem Schwarm voll Mücken,
rutscht aus und landet auf des Dackels Rücken.

„Tut mir leid, Herr Hund, jetzt sind wir quitt,
aber komm jetzt besser mit,
sieh was wir angerichtet haben,
lass uns an meinem Fressnapf laben."
Die Menschen wirbeln durcheinand´,
nass und außer Rand und Band,
Franz ruft diesmal mit Geschrei
zum Schlichten her die Polizei.

Hinter dem schönen Lattenzaune
haben zwei recht gute Laune,
fressen still in aller Ruh,
zwinkern sich zufrieden zu.

Hin und weg

1.März

Liebes Tagebuch,

eigentlich voll affig, dass ich noch immer so beginne, wenn ich Tagebuch schreibe. „Liebes Tagebuch" passt eher zu einer Elfjährigen als zu einer Achtzehnjährigen, aber was soll´s. Alte Gewohnheiten soll man nicht ändern... Luca, der Neue, ist jetzt seit zwei Wochen in unserer Klasse und ich bin so wahnsinnig verknallt in ihn. Sein Vater ist Italiener und wahrscheinlich hat er deshalb die längsten Wimpern, die ein Junge haben kann. Sein Gang, das lässige Hemd über dem T-Shirt und die Schlabberhose, dunkle halblange Haare, was soll ich sagen... Ein einziges Mal hat er mich angegrinst, dann war es um mich geschehen. Luca hat mich auch schon angequatscht, leider hat Tom gar nichts gecheckt und wollte was wegen Mathe wissen. Jedenfalls war unser Gespräch unterbrochen und Luca hat nur gemeint: „Na dann, ich muss weiter." Er hat mir zugezwinkert und war weg. Aber vielleicht ist es besser so, ich will auf keinen Fall, dass Tom etwas davon mitkriegt. Weiß auch nicht, warum, aber es fühlt sich irgendwie komisch an. Tom ist mein ältester und bester Freund, aber er muss ja nicht alles von mir wissen.

8.März

Hi Tagebuch,

shit, Tom hat es rausbekommen! Das mit Luca hat sich weiterentwickelt!!! Wir waren nach der Schule auf ein Eis und bevor wir in meine Gasse gebogen sind, hat er mich in einen Hauseingang gezogen und wir haben rumgeknutscht, es war sehr geil! Dann haben wir noch zweimal in seinem Auto rumgemacht. Am Wochenende sind seine Eltern weg. „Es" wird - endlich - passieren! Yeah! I´m so in love...!!!

Ich konnte es gut vor der Klasse verbergen, sogar vor Lisa, aber Tom, tja, der gute alte Tom ist hartnäckig. Ich druck mal schnell unseren Chat von gestern Nacht aus und kleb ihn ein, bin zu faul (und zu müde) zum Abtippen.

Hey Sarah, noch wach???

Jup

Lust auf Banalverkehr? <Zwinkersmiley>

<Tränenlachsmiley> Ja immer!

Wieso noch online? Erweiterst du deinen Tindergarten?

<Tränenlachsmiley> Eh klar, und du?

Möchte meinem Ruf als Smombie gerecht werden. Nee, Spaß, war nach Basketball mit Jan noch auf ein Hopfensmoothie. Elektrolyte wieder auffüllen.

Versteh.

Kann ich dich was fragen, Sarah?

Alles was du willst, Tom Seiler.

Was ist mit dir los in letzter Zeit? Du bist irgendwie anders.

Ich? Nö.

Komm Sarah, mir kannst du nichts vormachen. Neues boyfriend-material?

Wie kommst du darauf???

Wer ist es? Paul? Gringo? Marcel?

Gringo! Bist du wahnsinnig! Ich fang mir doch nichts mit Gringo an! Der hat doch nicht alle Latten am Zaun. Ein bisschen mehr Geschmack kannst du mir schon zutrauen.

Also raus mit der Sprache, wer ist es? Ich find es sowieso raus. Notfalls muss ich dich stalken. <Zwinkersmiley>

Oh Gott, bist du lästig.

Sag schon.

Der Neue.

Was? Luca?

Jup.

Der ist ein Arsch! Ein Riesenarsch!

Nö gar nicht, wenn man ihn besser kennt.

Du kennst ihn schon BESSER? Hat er dich gebumst?<Emoji mit aufgerissenen Augen>

Noch nicht.

Du willst doch nicht an diesen Teilzeittarzan dein erstes Mal verschwenden? Sarah, du hast immer gesagt, das soll was Besonderes sein! Bin schockiert! <sich übergebendes Smiley>

Tom, du verstehst das nicht. Es ist wirklich geil mit ihm.

Aha.

Sag ich ja, du verstehst das nicht.

Naja, muss ich auch nicht. Bei mir gibt's auch Neuigkeiten. Mein Alter hat einen neuen Job.

Was? Der ist doch schon ewig in seiner Bude. Sorry, Tom, mir fallen schon die Augen zu, reden wir morgen, ok?

Ok.

Nacht.

Gut Nacht, Sarah.

12.März

Hi Tagebuch,

was für ein krasses Wochenende! Bin also Samstag abends zu Luca. Er war tatsächlich alleine zu Hause. Er hat mich schon im Eingang geküsst und begonnen mich auszuziehen. War zwar alles ein bisschen schnell und nicht so romantisch, wie ich mir das vorgestellt hatte, aber durchaus noch okay. Ich wollte „es" endlich machen. Wir sind ziemlich schnell nackt auf der Couch gelegen und Luca hat etwas grob zwischen meinen Beinen herumgefummelt. Als es mir zu viel war, hab ich „Aua" gesagt. Luca meinte, ob mir das lieber wäre, hat sich über mich gekniet und wollte mir sein Ding in den Mund stecken. Als ich protestiert habe, dass er damit aufhören solle, hat er nur gelacht und gemeint: „Zier dich nicht so, ich weiß, dass du eine Schlampe bist, oder willst du behaupten, du hättest das noch nie gemacht?"

Ich hab ihn weggestoßen, bin aufgesprungen und hab meine Sachen zusammengesucht. So schnell war ich noch nie angezogen. Luca hat nur gelacht und mir nachgerufen: „Dann mach ich´s mir eben selber!"
Als ich draußen war, bin ich einfach nur heulend davongelaufen. Was für ein Arsch! Tom hatte recht, wie konnte ich nur so blöd sein? Ich lief ein paar Straßen weiter zu Toms Haus und hab ihm getextet.
Bist du wach, Tom?
Ja, was gibt's?
Können wir uns im Baumhaus treffen?
Sicher.
Ich kletterte in unser Geheimversteck und wartete auf der muffigen Matratze auf Tom. Er war in zwei Minuten bei mir und sah mich erschrocken an.
„Nicht so gut gelaufen?"
Ich schüttelte nur schluchzend den Kopf. Tom setzte sich zu mir und legte seinen Arm um mich. Das hatte er noch nie gemacht, seit wir Teenager waren.
„Hast du...?"
„Nein, hab nicht. Konnte noch entkommen", antwortete ich und dann mussten wir beide lachen. Tom gab mir ein Taschentuch, in das ich hineintrötete. Dann nahm er noch ein zweites und wischte mir die Tränen von der Wange. Das war so süß! Und liebevoll. Dann hat er mich ganz lange angesehen. Ganz anders als sonst.
„Ich bin froh, dass du dich nicht an diesen Arsch verschwendet hast, Sarah Lüttinger."
Plötzlich war mir Tom so nahe, also anders nahe als bester Freund nahe. Ich hatte das Gefühl, dass aus seinem Arm, den er noch immer um mich gelegt hatte, eine Wärme in meinen Körper strömt, die mich irgendwie mit ihm verschmelzen ließ. Ich hatte mit Tom schon soviel erlebt, er ist seit der Grundschule immer an meiner Seite, best friends forever, eben. Aber das war etwas Anderes.

„Du hattest so recht, Tom." Ich sah ihn schuldbewusst an. Er kippte mit seiner Stirn an meine und wir sahen uns tief in die Augen. Dann berührten sich zuerst unsere Nasen und dann unsere Lippen. Es war der schönste Kuss ever! Wenn ich gewusst hätte, wie weich Toms Lippen sind! Er war so zärtlich und es war so wunderschön! Wir knutschten eine Weile rum, aber dann wollte ich mehr und ging ihm an die Wäsche. Er stoppte kurz und fragte: „Bist du sicher?" Ich nickte nur und wir zogen uns langsam aus. Er war total vorsichtig als er in mich eindrang. Es tat nicht weh. Es war wunderschön. Wenn mir am Samstag morgen jemand gesagt hätte, dass ich mit meinem alten Kumpel Tom noch an jenem Abend mein erstes Mal haben würde, hätte ich ihn für komplett geisteskrank erklärt. Was für ein Abend! Wir sind danach einfach still nebeneinander gelegen, eng aneinander gekuschelt zwischen den alten Schlafsäcken und Polstern. Das Baumhaus war schon immer unser Rückzugsort, eigentlich perfekt für ein erstes Mal. Was für ein Gefühl! Es war schon hell draußen, als ich mich anzog und nach einem langen Kuss nach Hause verschwand. Ich war den ganzen Sonntag im Bett und noch total benommen von der Nacht. Tom, Tom, mein unglaublicher Tom! <Herz, Herz, Herz>

14.März

Tom ist nicht in die Schule gekommen. Dabei war ich schon so aufgeregt ihn wieder zu sehen. Am Sonntag hat er nur ganz kurz getextet, wie es mir ginge und wie schön er es fand. Am Montag hat uns dann die Biegler verkündet, dass unser Mitschüler Thomas Seiler nach Salzburg gezogen ist, weil sein Vater dort einen neuen Job bekommen hat! Ich Vollidiot!!! Tom hat immer wieder davon angefangen, dass es bei ihm Neuigkeiten gibt, ich hab ihm nie zugehört! Ich war so sehr mit mir beschäftigt...Mist, Mist, Mist! Und ich habe nicht einmal gefragt, warum der große LKW vor Toms Gartenzaun steht! Gerade jetzt! Er hat scheinbar sein Handy verloren oder eine neue Simkarte, ich erreiche ihn nicht! Und warum meldet er sich nicht? Das kann es doch nicht gewesen sein! <heulendes Emoji>

25.April

Was hab ich für Wochen hinter mir... Hatte echt keine Muse zu schreiben. Ich habe jetzt endlich mit viel Recherchearbeit herausfinden können, wo Toms Vater jetzt arbeitet. Ich verzehre mich nach Tom. Ich vermisse ihn so wahnsinnig und es tut mir richtig im Herzen weh. Ich habe auch keine Ahnung, warum ich so gar nichts von ihm gehört habe, seit seinem Umzug, das passt gar nicht zu ihm, bereut er, was passiert ist? Ich bin jetzt jedenfalls so weit. Ich werde nach Salzburg fahren und seinen Vater bei der Firma abpassen. Er kennt mich gut und wird mich zu Tom bringen. Ich muss wissen, wie und ob das mit uns weitergeht. Und schließlich muss ich Tom sagen, dass ich nicht mehr alleine in meinem Körper bin...

Dornröschen hat verschlafen

Rosa war glücklich. Der beste Tag in ihrem bisherigen Leben war der, an dem sie Eric getroffen hatte. „Ein schönes Gefühl, wenn man endlich angekommen ist," dachte sie zu dieser Zeit öfters. Es war schon dunkel und die Weihnachtslichter glänzten romantisch über dem kleinen Eislaufplatz, der wie jeden Winter mitten in der Fußgängerzone aufgebaut war. Es begann leicht zu schneien, Rosa lachte unentwegt. Zu einem, des konsumierten Glühweins wegen und zum anderen, weil es einfach zum Zerkugeln komisch war, wie Eric krampfhaft versuchte, sich auf dem Eis aufrecht zu halten.

„Meine Eltern haben es eben nicht wichtig gefunden, mir Eislaufen beizubringen," versuchte er sich zu verteidigen, worauf hin Rosa noch mehr lachte.

„Dafür kann ich Handball", sprach es und landete wieder auf dem Boden. Rosa versuchte ihm kichernd aufzuhelfen, aber er blieb vor ihr knien.

„Rosa Meinfeld, ich liebe Dich, willst du mich heiraten, auch wenn ich niemals Profieisläufer werde?"

Rosa brauchte einen Moment um sich zu fangen und das Gehörte zu verarbeiten. Sie sah an Erics Miene, dass er es trotz Glühwein ernst meinte.

„Ja, ja, ja!", schrie sie so laut, dass sich die Leute umdrehten und zu applaudieren begannen, als sie bemerkten, was hier gerade passiert war. Rosa kniete sich zu Eric und hielt ihn so fest, als wollte sie ihn nie wieder loslassen.

Im nächsten halben Jahr renovierten die beiden ein Reihenhaus, das Eric geerbt hatte. Rosa hatte ein Händchen für Gestaltung. Liebevoll richtete sie das schmucke Häuschen ein und machte es mit heimeliger

Dekoration zu einem gemütlichen Zuhause. Über dem Gartentor brachte sie einen Rosenbogen an.

„Irgendwann wird er ganz zugewachsen sein, dann haben wir wahrscheinlich zehn Kinder und sind alt und schrunzelig", meinte Rosa, während sie kleine Pflänzchen einsetzte.

„Du wirst vielleicht schrunzelig, Männer bekommen graue Schläfen und werden noch attraktiver!", neckte Eric seine Verlobte und küsste sie liebevoll am Nacken.

Der nächste Morgen war sonnig und klar. Rosa putzte nach dem Frühstück schnell noch die Zähne, gab Eric einen dicken Kuss, warf ihren bunten Schal um und rief noch im Hinausgehen: „Wart auf mich mit dem Abendessen, ok? Ich lieb dich!"

Eric musste schmunzeln, weil Rosa in der Früh immer so chaotisch unterwegs war. Er sah ihr noch nach, wie sie sich aufs Rad schwang und mit ihrem Schal kämpfte, bis dieser sie endlich nicht mehr beim Treten behinderte. Er nahm wieder seine Kaffeetasse auf und wollte noch ein paar Zeilen in der Zeitung lesen, bevor er sich auch auf den Weg ins Büro machen würde. „Der demokratische Amtsinhaber Barack Obama besiegt seinen republikanischen Herausforderer Mitt Romney.", las Eric gerade, als es plötzlich draußen laut krachte. Eric sprang auf und verschüttete dabei den Kaffee. Er stürzte hinaus. Er rannte auf die Straße. Rosa lag am Asphalt. Sie blutete. Daneben ein LKW, aus dem gerade der Fahrer heraussprang.

„Oh Gott, ich hab sie nicht gesehen!", schrie er. Eric war wie benebelt, er stand hilflos inmitten von Blaulicht und hektisch herumlaufenden Einsatzkräften.

Tagelang kämpften die Ärzte um Rosas Leben. Irgendwann sagten sie Eric, sie sei jetzt stabil aber leider im Koma. Sie wüssten nicht, wann und ob sich an ihrem Zustand etwas ändern würde.

Eric saß tagelang an Rosas Krankenbett, er las ihr vor, erzählte seinen Tagesablauf und was er gegessen hatte. Er streichelte sie und hielt ihre Hand. Aber Rosa blieb stumm. Manchmal ließ er einen Tag aus, dann zwei oder drei. Er ertrug es nicht, die quirlige Rosa so still zu sehen. Oft schaut er nur mehr bei der Tür herein und sprach kurz mit den Ärzten, bald bloß einmal im Monat, irgendwann wurde es noch seltener. Rosa war nicht mehr die Frau, die er lieben konnte. Sie war eine leblose Hülle, angeschlossen an Schläuche, die in piepsende und blinkende Apparaturen mündeten.

Es war ein heißer Spätsommertag 2017, knappe fünf Jahre nach Rosas Unfall. Eric war auf dem Weg ins Büro und schwitzte jetzt schon das Hemd voll. Als er gerade das Gebäude betreten wollte, fiepte sein Handy.
„Seibeck, hallo?"
„Herr Seibeck! Dr. Schnitzler am Apparat, sie ist aufgewacht!"
Rosa sei ein medizinisches Wunder, sagten die Ärzte. Komapatienten wachten nach einigen Monaten auf, wenn überhaupt, nicht nach fünf Jahren. Und dann waren sie schwerstbehindert. Rosa erkannte Eric auf Anhieb, es dauerte einige Wochen, bis sie die ersten Worte sprechen konnte. Die Ärzte sahen gute Chancen, dass sie wieder ein halbwegs normales Leben führen könnte. Eric war sehr verunsichert, er wusste nicht, wie er mit Rosa umgehen sollte. Er war gespreizt freundlich und irgendwie distanziert, als würde er eine neue Person kennenlernen. Rosa wollte am liebsten ganz normal behandelt werden, aber sie konnte sich nicht artikulieren. Sie lernte wieder, ihre Gliedmaßen zu bewegen, freute sich über jeden Fortschritt. Mit eisernem Willen konnte sie bald wieder selbstständig essen und man versuchte sie motorisch aufzubauen. Nach drei Monaten konnte sie wieder fast normal sprechen und ihre Arme kontrolliert bewegen, nur die Beine versagten noch.
„Frau Meinfeld, wir können hier im Krankenhaus nicht mehr viel für Sie tun, Sie müssen zu einer speziellen Reha, bei der Sie wieder gehen lernen werden. Es ist

erstaunlich, wie gut Sie sich erholt haben, so einen Fall hatten wir hier noch nie!"

Im Rehazentrum wurde ein Tag früher als erwartet ein Zimmer frei, Rosa erbat sich beim Rettungsfahrer, er solle einen Abstecher zu ihrem Haus machen, bevor sie wieder für Wochen verschwand, sie wollte so gerne Eric zu Hause überraschen.
Das Gartentor stand offen, der Rosenbogen war zugewachsen und die Rosen standen in voller Blüte. Rosa lächelte selig, als sie mit dem Rollstuhl hinters Haus geschoben wurde. Die Terrasse war mittlerweile eine verwachsene Laube.
Plötzlich hörte Rosa Eric mit hitziger Stimme diskutieren. Sie deutete dem Fahrer, dass er stehen bleiben sollte, was er auch tat.
„Verdammt, Petra, natürlich werde ich mit ihr sprechen, sofort nach der Reha, ok? Was stellst du dir vor, dass ich ins Spital gehe und sage, sorry, Rosa, während du im Koma warst, habe ich deine Freundin mit Zwillingen geschwängert und wir wohnen gemeinsam in dem Haus, dass du vor fünf Jahren eingerichtet hast? Und noch dazu, wo Rosa bei ihrem Unfall schwanger war? So etwas muss man sachte angehen, sie muss einmal zurück ins Leben finden!"
„Dann geh es endlich sachte an", blaffte Petra zurück. Rosa schluckte. Sie deutete dem Fahrer, dass er sie schnell zum Auto zurückbringen sollte. Er drehte den Rollstuhl um und stieß dabei gegen eine Gießkanne, die mit einem lauten Kracher umfiel. Eric drehte sich um und sah Rosas geweitete Augen, in die gerade Tränen schossen.
„Schnell weg," sagte Rosa zum Fahrer.
„Scheiße!", rief Eric und hievte das Baby, dass er am Schoß hielt, umständlich in einen Hochstuhl und schnallte es an. Als er zum Gartentor lief, fuhr das Rettungsauto gerade davon. In diesem Moment hatte Rosa das Gefühl, sterben zu müssen. Ihr Leben, in das

sie sich in den letzten Monaten mit eiserner Disziplin zurückgekämpft hatte, war jetzt wirklich vorbei, nicht damals, nach dem Unfall. Dass sie schwanger gewesen war, hatte ihr bis dato niemand gesagt. Dass Eric mit ihrer besten Freundin Petra zusammen war und sie eine Familie gegründet hatten, war Rosas Untergang. Rosas Eltern waren früh verstorben, sie hatte niemanden, außer ein paar entfernten Verwandten, die noch nicht mal wussten, dass sie wach war. Und der letzte Anker, ihre beste Freundin Petra, die sie erst treffen wollte, wenn sie wieder gehen konnte, war nun auch dahin. In sich zusammengesackt und im Rollstuhl hängend kam Rosa in der Rehaklinik an. Der Rettungsfahrer brachte sie zur Rezeption.

„Willkommen in unserem Fünf-Sterne-Hotel, meine Dame. Ich bin hier seit zwei Wochen Gast und kann ihnen dieses Luxusresort nur wärmstens empfehlen. Vor allem Schwester Leonie. Ich glaube ja, Leonie macht Leon nie den Leon hart, daher ist sie etwas verhärmt, trotzdem schwabbert sie in Erwartung der Erfindung des kalorienfreien Tiramisus mit ihrem Pfirsichhautpo – oder wie heißt noch mal die Frucht mit orangefarbener Schale? - über die Gänge und teilt mit allen Gästen das übermächtige Glücksgefühl, dass ihr der Job zu bereiten scheint."

Rosa hebt den Kopf leicht an und sieht einen blonden Typen mit Krücken und einer Schiene auf sie zuhumpeln.

„Verpiss dich." So rüde kannte sich Rosa gar nicht, aber hätte sie gehen können, wäre sie schon lange in einem Loch verschwunden, wo sie ungestört krepieren konnte.

„Ich bin Kai, so wie Hai ohne H mit K," quasselte er unbeirrt weiter, „fliegt der Kuckuck übers Meer, sieht einen Hai und sagt ‚Guckuck!' sagt der Hai ‚Hi!'. Wenn du was brauchst, ich kenn die Rehaklinik wie meine Westentasche, bin schon alle Folterkammern abgehumpelt. Momentan sieht's eher so aus als wärst du beim Psychiater Dr. Seelenklemp ganz gut aufgehoben. Der hat aber erst morgen wieder Sprechstunde."

Rosa missachtete Kai und ließ sich auf ihr Zimmer bringen. Sie fasste noch an diesem Abend einen Entschluss. Sie würde dem blöden Leben die Stirn bieten. Es musste doch einen Sinn gehabt haben, warum sie wieder aufgewacht war. Rosa versuchte in den nächsten Tagen alles, um Muskeln aufzubauen und wieder selbstständig gehen zu können. Sie kämpfte wie eine Löwin. Beim Essen wurde sie von Kai vollgequatscht, den sie herzlich ignorierte. Manchmal musste sie allerdings insgeheim schmunzeln, was er maschinengewehrartig so alles von sich gab. Ihren ersten selbstständigen Schritt feierte sie mit Freudentränen und einer Umarmung der Physiotherapeutin.

Eric besuchte sie in der Klinik und beteuerte, dass es ihm so leid täte, was passiert war. Er hatte sich von Petra trösten lassen und sie hatte ihn von der Tragödie abgelenkt.

Aber jetzt, wo Rosa wieder wach war, sehnte er sich nach dem alten Leben mit ihr zurück und fragte, ob sie ihm verzeihen könne. Rosa schickte Eric weg.

„Deine Kinder warten zu Hause auf ihren Papa. Enttäusche sie nicht."

Eric senkte den Kopf und ging. Kai, der die Szene beobachtet hatte, humpelte auf Rosa zu:

„Mit wem möchten Sie lieber einen Abend verbringen: A, mit ihrem Mann... B!"

Rosa musste trotz der traurigen Situation lachen.

Ein paar Tage später traf sie eine ältere Dame im Eingang der Klinik.

Rosa konnte sich mittlerweile mit einer Gehhilfe selbstständig fortbewegen.

„Kindchen, kannste mir sagen, wo ich den Kai finde?"

„Ich glaube, der hat grad Physio, ich muss auch dort hin, ich bringe Sie."

„Ich bin Annemarie, Kais Oma. Hab den Jungen oft bei mir gehabt, denn seine Eltern waren ja immer nur unterwegs. Jetzt leben se in Thailand und kümmern sich auch ned um ihn, obwohl er es so schwer hat."

„Wegen dem Beinbruch?"

„Ooch, das Bein ist das kleinste Problem. Is wegen seiner Frau."

„Was? Kai ist verheiratet? Das wusste ich nicht."

„Sie war auch Architektin, ziemlich erfolgreich die beiden. Ham sich beim Studium kennen gelernt und es hat so was von gefunkt. Mein Gott, was waren de für ein Traumpaar!"

„Und was ist passiert?"

„Sophie hatte Begehung auf einer Baustelle, ´ne Stange hat sich vom Gerüst gelöst und sie am Kopf getroffen. Trotz Helm war se sofort tot."

„Oh Gott!"

„N' paar Wochen nach'm Unfall wollte sich der Kai aus dem Fenster stürzen. Er verfing sich in einem Baum und holte sich nur den komplizierten Beinbruch und ein paar Prellungen. Aber die Schrammen auf der Seele meines Jungen werden noch lange nicht verheilt sein. Er war immer ein lustiger Kerl, aber jetzt versucht er mit übertriebener Fröhlichkeit seine seelischen Wunden zu überspielen. Ich hoff, der schafft des. Is nicht leicht, wenn ma den Boden unter den Füßen verliert."

„Wem sagen Sie das..."

In diesem Moment ging die Tür auf und Kai humpelte aus der Physio heraus.

„Omiliiiii, schärfste aller Grandmas dieser und aller anderen Galaxien! Du verzichtest auf „Sturm der Liebe" für deinen Lieblings- da einzigen – Enkel? Das ehrt dich sehr!"

Kai umarmte seine Oma und kitzelte sie dabei, dass sie quietschte und kuderte.

„Kai, lass das!"

Die Therapeutin öffnete die Türe und sagte: „Rosa, Sie sind dran."

Rosa ging an Kai vorbei und sah ihm tief in die Augen. Erstmals konnte sie ihn verstehen, seine Art begreifen und auch er merkte, dass plötzlich etwas anders war mit Rosa. Sie fasste Vertrauen zu Kai und erzählte ihm eines Abends ihre Geschichte.

„Als ich meinen verwachsenen Rosenbogen zu Hause sah, empfand ich so ein tiefes Glück, wieder ins Leben zurückgekommen zu sein. Einen Moment später, war alles wieder kaputt, ich wünschte mir, nie aufgewacht zu sein."

„Wär aber schade, schlafend kostest du dem Steuerzahler wie mir einiges mehr..."

Rosa musste lachen. Es tat gut wieder lachen zu können.

Sie gestand auch, dass sie sich in der neuen Welt nicht zurecht fand. Obama war kurz vor ihrem Unfall gerade neu gewählt worden und jetzt war diese abartige Witzfigur Donald Trump Präsident der USA.

„Mir fehlen fünf Jahre, um das Leben wieder verstehen zu können."

Die beiden führten lange, tiefgründige Gespräche bis in die Nacht, manchmal schlief Rosa einfach ein, während Kai erzählte. Kai wurde vor Rosa entlassen. Er schenkte ihr zum Abschied ein handgeschriebenes Heft mit dem Titel: „Trump statt Obama – das Weltgeschehen der letzten fünf Jahre aufbereitet für verschlafene Dornröschen".

„Du darfst jeden Tag nur eine Seite lesen, versprich mir das! Dann bist du genau damit durch, wenn du entlassen wirst."

Rosa freute sich sehr über Kai´s Geschenk und las wirklich nur eine Seite pro Tag über den neuen Papst, den Syrienkrieg, die Ukraine, den Terror, den neuen, grünen Präsidenten in Österreich, Macron, über Erdogan und wie Trump es schaffen konnte, Präsident der USA zu werden. Als Rosa auf der letzten Seite angekommen war, las sie:

„Mein liebes Dorn-rosa-chen, du hast genug gepennt, jetzt aber hopp hopp, ins Leben mit dir! Falls du dir das mit einem Verrückten wie mir vorstellen kannst, sag dem Taxifahrer folgende Adresse...

Als Rosa aus der Klinik entlassen wurde, fühlte sie sich stark und viel besser. Sie wollte einfach leben.

Kai stellte gerade umständlich einen Rosenbogen in seinem Garten auf. Als er damit fertig war, betrachtete er sein Werk.

„Hellrosa.", sagte eine Stimme hinter ihm. Kai fuhr herum und sah Rosa hinterm Zaun stehen.

„Wie jetzt, hellrosa? Rosa back from hell?"

„Die Rosen für den Bogen, hellrosa passt am besten!"

„Jou, ich glaube da könntest du eventuell Recht haben. Hilfst du mir beim Einsetzen?"

Lucy rudert sich frei

Lucy hat keinen Plan. Sie muss nur weg von hier und zwar
rasch. Hastig packt sie ihre Habseligkeiten und Gewand in ein paar Reisetaschen und einen alten Seesack. Laurins Lieblingsteddy und Stellas Puppe müssen auch noch irgendwo Platz finden. Lucy stehen die Schweißperlen auf der Stirn. Beim Abwischen zuckt sie leicht zusammen, die Beule tut ziemlich weh. Lucys Gedanken kreisen nur um das „Wie?". Wie soll sie von der Insel kommen, ohne dass er es bemerkt? Die Fähre kommt nicht in Frage. Er sitzt zu den Betriebszeiten im kleinen Häuschen am Schranken und bewegt sich keinen Meter davon weg. Die Fähre setzt an der kürzesten Strecke zum Festland über. An allen anderen Stellen ist die Insel weiter vom anderen Ufer entfernt. Es fühlt sich für Lucy eigenartig an, vor ihrem eigenen Ehemann zu flüchten.

Eigentlich hat alles so schön angefangen. Lucy, war als Rucksacktouristin auf der Insel unterwegs gewesen und Sven hat sie angesprochen. „Was verschlägt so eine hübsche, junge Dame auf diese gottverlassene Insel?" Keine drei Monate später räumte Lucy ihre Wohnung in Stockholm und zog in Svens rotes Landhäuschen. Nach einer romantischen Landhochzeit wurden erst Stella, dann Laurin geboren. Lucy lebte ihren Traum von einer eigenen Familie und einem Haus am Land. Sven, ein großgewachsener, erdiger Mann mit breiten Schultern war ein liebevoller Ehemann und Vater. Alles war perfekt. Bis zu dem Unfall. Sven rutschte mit der Kreissäge ab und verlor seine rechte Hand. Der passionierte Segler und Ruderer war plötzlich ein Krüppel, wie er selbst von sich sagte. Er war lange auf Rehabilitation, nach seiner Heimkehr war er stark verändert. Seinen Beruf als technischer Zeichner konnte Sven nicht mehr ausüben, deshalb musste er ins Häuschen am Schranken der Fährgesellschaft wechseln, in dem er den ganzen Tag Tickets für die Überfahrt verkaufte. Abends kam er schweigend nach Hause, setzte sich vor den Fernseher und trank, bis er auf der Couch schnarchend einschlief. Am Anfang dachte Lucy, das würde sich wieder legen, aber wann immer sie Sven Hilfe anbot, mit ihm über seine Gefühle, über seinen Trübsinn reden wollte, stieß er sie brutal von sich. Sven schrie und tobte, irgendwann begann er, Lucy zu schlagen. Die Kinder saßen wimmernd auf den Stiegen, weil sie nicht verstanden, was mit ihrem Papa los war und warum er ihrer Mama so wehtat. In der Früh, wenn Sven wieder nüchtern war, tat es ihm wahnsinnig leid und er schwor, dass so etwas nie wieder vorkommen würde. Lucy versuchte ständig, ihre Hämatome zu verbergen, die blauen Augen überschminkte sie mittlerweile sehr versiert, andere versteckte sie unter der Kleidung. Mit ihren Eltern konnte Lucy nicht darüber reden, weil die „schon immer gewusst hatten, dass Sven nicht der Richtige für sie war." Wann immer Lucy Sven nahelegte, sich professionelle Hilfe zu holen, wurde es noch schlimmer. Am Abend vor dem Packen wollte Lucy vor dem ersten Schnaps mit Sven reden. Sie hatte zuvor sämtlichen Alkohol weggeschafft. Die Kinder schliefen schon. Sven betrat wie immer nach der Arbeit das Haus und ging zum Küchenschrank. „Sven, ich habe für uns gekocht, setz Dich doch zu mir. Wir haben schon so lange keinen Abend mehr für uns gehabt." Lucy war überzeugt, dass sie diesmal an ihn herankommen würde. Sven öffnete unbeeindruckt den Schrank. Als er sah, dass keine einzige Flasche mit Hochprozentigem darin stand, rastete er völlig aus.

„Wo sind die Flaschen?", plärrte er Lucy an.

„Versuch es doch mal ohne, bitte, Sven, uns zuliebe, den Kindern zuliebe. Wir sind doch deine Familie", probierte Lucy ihn zu überreden. Auf Svens Stirn traten die Adern wie giftige Würmer hervor, er wurde knallrot und riss mit seiner gesunden Hand in einer Bewegung Lucys Bluse vom Leib. Den Handstummel hielt er ihr vor die Augen und schrie immer wieder: „Ohne geht es nicht!" Dann stieß er sie zu Boden, riss ihr die restlichen Kleider vom Leib und vergewaltigte sie brutal.

Lucy steckt Laurins Teddy in eine Seitentasche und weiß so sicher wie noch nie zuvor, dass sie das einzig Richtige macht. Sven hat noch zwei Stunden Dienst. Sie verlässt über die Terrasse das Haus und bringt die Taschen in das alte, verwitterte Ruderboot am Steg vor dem Haus. Es scheint dicht zu sein.
„Mami, was machst Du da?", fragt Stella mit neugierigem Blick.
„Wir machen einen Ausflug, mein Schatz." Lucy versucht sich ihre Hektik nicht anmerken zu lassen, aber ihr Gesicht ist rot gefleckt, wie immer, wenn sie sehr angespannt ist. Laurin sitzt auf der Schaukel und beobachtet seine Mama. Er spricht nicht viel seit ein paar Monaten.
Lucy bringt die letzten zwei Taschen und die Schwimmwesten der Kinder.
„Fahren wir mit dem Ruderboot zum Ausflug?", will Stella wissen.
„Ja, Süße, ich hab auch Limo und Wurstbrote für Euch dabei."
Laurin huscht ein Lächeln übers Gesicht, er ist drei und freut sich vor allem auf die Limo. Stella ist fast sechs, sie versteht, dass das ein längerer Ausflug werden wird.
Lucy zieht den Kindern die Schwimmwesten über und setzt sie ins Boot. „Nicht schaukeln, meine zwei Seebären, ok?"
„Aye aye, Käpt´n!", rufen die beiden vergnügt. Lucy bindet die Leine los, setzt sich ins Boot und rudert so

schnell, wie sie noch nie gerudert hat, in ein neues Leben.

Wurzeln

Eigentlich ist Traiskirchen ein Kaff, keine Weltstadt. Aber ein sehr liebenswertes, sympathisches Kaff. Es ist und bleibt meine Heimat, auch wenn ich vor einigen Jahren weggezogen bin. Diese Stadt ist trotzdem mein „Verankert sein" im Leben.

Es ist eine Arbeiterstadt mit einer großen, vor einigen Jahren stillgelegten, Gummifabrik im Zentrum am Fuße des Anningers, einem 600-Meter Hügel im Süden von Wien. Die Stadt und der Mugel werden nur durch einen Haufen Weinberge getrennt, auf denen die Trauben des besten Neuburgers unseres Landes gedeihen. Nach der Ernte lassen sich da die schmackhaftesten, vergessenen Weintrauben stibitzen. Durch die Weingärten zieht sich ein kleiner Kanal, der mitsamt der anderen schmalen ‚Wegerln' ein beliebtes Ausflugsziel für Jogger, Spaziergänger und Radfahrer darstellt. Außerdem gibt es dort den Reitstall inklusive Ponys und Eseln, die sich über jeden Besuch freuen, sofern er Äpfel und Karotten mitbringt. An der höchsten Stelle der Weinberge steht das Wahrzeichen der Stadt. Eine kleine, weiße Kapelle mit rotem Dach, die sich im Herbst umrandet von gelben Blättern vor dem tiefblauen Himmel verdammt gut fotografieren lässt. Hier steigt einem der Duft von Traubensaft und Maische unwillkürlich in die Nase.

Die ruhige Siedlung, in der mein Elternhaus steht, ist weit ab vom Schuss. Weit ab von der stark befahrenen, nach Abgasen stinkenden, geschäftigen Hauptstraße, die von Wien nach Triest führt. Am Beginn der Sommerferien stauten sich hier in den Siebzigern die VW-Käfer wie kleine bunte Ameisen auf dem Weg Richtung Sonne, Sand und Meer. Jetzt staut sich alles was auf den Straßen kreucht und fleucht. Am Ende einer langgezogenen Kurve klammert sich der

Hauptplatz an die Straße wie ein sich Äffchen mit einer Pestsäule in der Hand. Bei der südlichen Stadtausfahrt muss man einen Fluss queren, der es nicht immer so ernst nimmt, mit „nicht über die Ufer treten". Oft überschwemmt er die schöne Aulandschaft und so manchen vollgeräumten Keller.

Einen Schnitt quer durch das Zentrum Traiskirchens machen die Badnerbahnschienen. Im Viertelstundentakt nervt die liebevoll „Baba" genannte Zuggarnitur die Autofahrer mit endlos langen roten Ampeln. Vor allem wenn sich zwei Züge entgegenkommen, dann tippt man eine gefühlte Ewigkeit mit den Fingern nervös aufs Lenkrad. Viele Traiskirchner nutzen die „Baba" um nach Wien zu zuckeln.

Die Straßen unserer Siedlung sind so ordentlich rechtwinkelig angebracht wie die Linien auf einem Mühlebrett. Sie wurden nach teils rühmlichen Persönlichkeiten wie Goethe und Kafka benannt, teils nach kontroversiellen Gestalten wie Josef Weinheber. Die Häuser im 60er-Jahr-Style - viele mit beiger Fassade und dunkelbraunen Fenstern - sehen nicht so aus als wären ihre Baupläne aus der Feder eines begabten Architekten entstanden. Manche sind so hässlich, dass man sie aus Mitleid fast schon wieder sympathisch findet. Vor allem die mit den Fassaden aus Eternitplatten. Von denen weiß man, dass sie schon einiges miterlebt haben.

Zwei Gehminuten entfernt von unserem Haus liegt idyllisch in einen Schilfgürtel gebettet ein mittelgroßer Fischteich. „Am Teich" haben wir Siedlungskinder so manch schönen Sommer erlebt. Im Schilf surren die buntesten Libellen um die Wette. Wie aufregend war es für uns Knirpse, wenn wir Wasserläufer, kleine Schlangen, Entenküken oder Kröten entdeckten! Das Wasser des Teichs ist trüb und hat einen ganz eigenen, modrigen Geruch. Oft springen riesige Fische in die Luft. Wenn man auf den Grund tritt, quatscht man in weichen Schlamm, weshalb ich immer gleich vom Rand weggeschwommen bin. Mit den Anglern gibt es eine Vereinbarung. Um 19h müssen alle Badegäste, deren Menge bis dato wahrscheinlich nie die Zahl 15 überschritten hat, das Wasser verlassen haben. Man möchte ja nicht die wirklich großen Fänge vergrault wissen. Der Teich war für uns immer ein Ganzjahresparadies. Im Winter konnte man herrlich eislaufen und im Frühling und Herbst gab es die wildesten Schnitzeljagden. Wir wussten nicht, was toller war, die Schnitzeljagd oder die Jause, die daheim auf uns wartete. Der Gedanke an das Butterbrot mit selbstgemachter Marillenmarmelade lässt mir jetzt noch das Wasser im Mund zusammenlaufen. Und es roch herrlich nach Kaffee. Bei uns war es generell so, dass Mamas Küche einiges an guten Düften zu bieten hatte. Wenn wir vom Kindergarten hereingeschneit kamen, roch es nach Reisfleisch oder Bohnengulasch. Meine Mutter kocht noch nach alter Schule, in der Hausmannskost großgeschrieben wird. Wenn wir großes Glück hatten, dann kroch der wunderbare Geruch von selbstgemachter Pizza in unsere mit Sommersprossen übersäten Näschen. Wie sehr wir den viel zu hoch aufgegangenen, weichen Hefeteig liebten! Am Nachmittag, als die Pizza schon lang ausgekühlt war, gingen wir noch einmal Nachschlag klauen. Am Schönsten war es für mich, wenn zum Kaffeeklatsch Mamas Freundin oder Oma und Großonkeln zu Besuch kamen. Es wurde gequatscht, Kuchen gegessen, gelacht, gesungen und einer hatte immer für uns Zeit um „Mensch ärger dich nicht" zu spielen. Am Liebsten spielten wir natürlich mit meiner Oma. Die hat uns nie rausgeschmissen, weil sie die Möglichkeiten angeblich „nicht gesehen hatte". Wie sehr erinnert mich bis heute noch der Duft nach frischgebrautem Filterkaffee an diese glücklichen Kindheitsnachmittage, wenn ich meine Eltern besuche.

Meine Eltern haben unser Haus selbst gebaut. Mein Vater wanderte mit 21 Jahren nach Australien aus, um genug Geld für ein eigenes Heim zu verdienen. Nach fünf Jahren kehrte er mit vollen Taschen wieder und begann mit dem Rohbau. Bald darauf angelte er sich nicht nur eine Ehefrau, sondern mit ihr auch ein neues Mitglied im Bau Team. Zu zweit ging alles viel schneller. Das Erdgeschoss ist sehr überschaubar mit Vorraum, kleiner Küche, Bad, Wohn- und Schlafzimmer. Obwohl die Küche nicht gerade vor Quadratmetern strotzt, hat sich immer alles hier abgespielt. Der Esstisch wird auch heute noch von den fünf Enkelkindern als Bastel-, Mal-, Klecker-, Aufgaben- und Fernsehtisch missbraucht. Die Einbaumöbel von Wohn- und Schlafzimmer existieren seit knapp fünfzig Jahren. Die sind quasi schon mit dem Haus verwachsen.

Das Obergeschoss mit zwei Kinderzimmern wurde erst viel später ausgebaut. Zuerst gab es ein Kinderzimmer und ein für meine Schwester und mich sehr gruseliges, dunkles ,Kammerl', in dem man auf einer Schräge auf den Dachboden klettern konnte. Wir wussten des Nächtens nie so genau, wer da aller vom Dachboden herunterkommen würde. Daneben gab es noch eine Bügelrumpelkammer vollgestopft mit altem Zeug. Als meine Schwester mit der Schule fertig war und mich mit lauter Musik zu dröhnte, in der Zeit, in der ich lernen hätte sollen, bettelte ich um ein eigenes Zimmer. Meine Mutter hatte Einsehen und half mir, die Bügelkammer zu entrümpeln und die psychodelischen, giftgrünen, großgemusterten 70er-Jahr-Tapeten gegen liebliche weiße mit zarten, pastellfarbenen Blümchen auszuwechseln. Die Blümchen waren leicht erhaben, weshalb ich gerne mit der Hand über die Wand strich. Unser Nachbar, der Tischler, zimmerte weiße Einbaumöbel und mein kleines, aber feines Reich war fertig. Aus dem Kinderzimmer konnte man aufs Dach der Garage steigen und die besten Zwetschken der Welt pflücken. Meine große Schwester nutzte auch den

Abstieg über den Zwetschkenbaum ab und zu, um sich mit ihren Lovern im Wohnwagen zu vergnügen. Der kleine Wohnwagen parkte vor der Garage auf einem eigens betonierten Abstellplatz. Wir machten sogar einmal einen Ausflug im Kindergarten, um unseren Wohnwagen zu besichtigen. Was war ich da stolz! Der Garten rund ums Haus ist nicht besonders groß, aber zum Spielen perfekt für Kinder. Ich weiß nicht, wie viele Runden wir per Dreirad ums Haus gedreht oder wie oft wir uns im Schupfen versteckt haben. An die vom Vogelgezwitscher untermalten Herbstnachmittage, an denen wir uns unter den Laubhaufen versteckt haben, werde ich mich noch mit achtzig gerne erinnern. Ich bin stolz und dankbar, dass es einen Ort gibt, der mich geerdet hat, der mir Wurzeln geschenkt hat, die mich bei jedem Hurrikan in meinem Leben fest im Boden verankert halten.

Der Wald in uns

Bernhard drückt den Knopf der Sprechanlage zum Vorzimmer: „Frau Rüttig, Kaffee. Termine außer Behringer gegen Behringer?"
„Sofort, Herr Schneider. Frau Behringer wartet bereits draußen, um zehn kommt Herr Kleinschmid. Die Zeit danach haben Sie sich für den morgigen Prozess freigehalten, Sie wollten sich nochmal die Akten durchsehen."
„Ach ja, stimmt."
„Um 15 Uhr ist das Begräbnis von Walter", denkt Bernhard während er fahrig die Mappe Behringer aufschlägt.
„Suchen Sie bitte die schwarze Krawatte, die müsste draußen im Schrank liegen."

Walter Ludwig ist ein Kindheitsfreund von Bernhards Eltern. Gefühlte tausend Male sind die beiden Familien gemeinsam auf Urlaub oder in den Bergen unterwegs gewesen. Vor einer Woche hat der fünffache Großvater sein Waterloo gegen Darmkrebs verloren. Bernhards Eltern haben ihre Söhne bekniet, Walter die letzte Ehre zu erweisen. „Als hätte ich nichts Anderes zu tun", hat Bernhard gedacht, hat aber trotzdem seiner Mutter zuliebe zugesagt.

Pünktlich um zwei Uhr steigt Bernhard in seinen roten Porsche, die schwarze Krawatte am Beifahrersitz. Er fährt etwas zu schnell aus der Stadt hinaus, den Kopf voller Gedanken für den morgigen Prozess. Die Bezahlung der Radarstrafen erledigt immer Frau Rüttig für ihn. Wie wird er morgen einleiten? Der Ehefrau ist er rhetorisch haushoch überlegen, eine gemähte Wiese, wie seine Eltern sagen würden. Bernhard findet zwar, dass sein Mandant ein selbstgefälliges, arrogantes

Arschloch ist, aber er wird sicher durchboxen, dass seine nach Strich-und-Faden betrogene Frau nach der Scheidung leer ausgeht, er ist ja schließlich ein Topanwalt.

Bernhard verlässt die stark befahrene Autobahn und biegt auf die Landstraße. Die leuchtenden Rapsfelder und grünen Wäldchen nimmt er kaum wahr.

Bernhard ist schon lange nicht mehr in seinem Heimatdorf gewesen. Das kleine, verschlafene Nest hat er schon vor zwei Jahrzehnten verlassen um in der Großstadt Karriere zu machen. Kurz vor drei Uhr parkt sich Bernhard beim kleinen Dorffriedhof ein und bindet hektisch die Krawatte um. Widerwillig betritt er den Friedhof. Es ist Bernhard unangenehm, als er die weinenden Menschen begrüßen muss. Selbst seine sonst so starke Mutter sieht schwach, gebückt und grau aus. Sie unterhält sich gerade mit Bernhards Bruder Martin. Sein Vater steht teilnahmslos daneben.

„Papa kennt Walter seit er fünf ist," sagt seine Mutter mit brüchiger Stimme zu Martin. „Bernhard! Wie schön, dass Du es einrichten konntest!" Sie fällt Bernhard um den Hals. Bernhard gibt seinem Vater die Hand. Die Glocken läuten, es geht los. Bernhard schaut immer wieder verstohlen auf die Uhr. Das Plädoyer für morgen muss er noch fertigkriegen. „Im Namen des Vaters...". Der Priester spricht betont langsam, Bernhard wird nervös. Rundherum ein Schniefen und Schnäuzen, das beim Hinablassen des Sarges in ein allgemeines Schluchzen übergeht. „Ich werde mir beim Prozess bis zum Schluss mein Ass im Ärmel aufheben. Das Foto mit dem Bekannten der Noch-Ehefrau beweist zwar nichts, aber immerhin hat sie sich mit einem anderen Mann getroffen. Dass es nur geschäftlich war, wird sie nicht beweisen können", freut sich Bernhard, als er ein Schäufelchen Erde auf den Sarg wirft. Er kondoliert geistesabwesend der trauernden Witwe und den Töchtern des Verstorbenen und will sich quer durch die Menschenmenge verdrücken.

Plötzlich nimmt ihn ein kleines Mädchen mit blonden Zöpfen an der Hand. Bernhard ist verwirrt. „Äh... was gibt's denn?", fragt er komplett aus dem Konzept gebracht.

„Bist du gar nicht traurig, dass Opa gestorben ist?", möchte die Kleine wissen, „weil du gar nicht weinst." Sie sieht Bernhard mit fragendem Blick voller Tränen in die Augen.

Auf einmal schnürt es Bernhard die Kehle zu. Er weiß nicht, wie ihm geschieht. Er hockt sich zu dem Mädchen auf den Boden. Die Kleine hat recht. Warum ist Bernhard kein bisschen berührt, wenn ein Mensch stirbt, den er seit seiner Geburt kennt? Warum verspürt er kein Mitgefühl mit den Verwandten, seinen trauernden Eltern? Warum denkt er nur an den Prozess morgen, während ein Mensch im Boden verscharrt wird? Was ist aus ihm geworden? Er pflegt seit Jahren keine Freundschaften mehr. Dafür bastelt er wie ein hyperaktiver ‚Bob der Baumeister' an seiner Karriere inklusive aller Ellbogentechniken und unabhängig davon wer wirklich im Recht ist. Seine Partnerschaften gehen reihenweise in die Brüche, weil neben der intensiven Beziehung zu seiner Kanzlei kein Platz für eine Frau ist. Wer wird einmal an seinem Grab weinen? Wahrscheinlich werden sie auch nur an irgendwelche Prozesse denken, die sie gegen Bernhard verloren oder gewonnen haben.

„Und warum weinst Du jetzt?", fragt das Mädchen.

„Ich glaube, jetzt habe ich es verstanden", antwortet Bernhard mit erstickter Stimme, während ihm die Tränen über die Wangen laufen. „Danke", sagt er und drückt dem Mädchen die Hand. Er geht hinaus aus dem Friedhof, den kleinen Weg zum Wald hinauf, den er als Kind unzählige Male mit dem Rad hinuntergejagt ist und sich die Knie blutig geschlagen hat. Bernhard schlendert zu seinem Lieblingsplatz auf der kleinen Lichtung. Er zieht die Maßschuhe und Socken aus und spaziert ein Stück barfuß über den Waldboden. Wie verbunden er sich plötzlich mit der kühlen, weichen Erde fühlt. Bernhard setzt sich im Schneidersitz auf einen Baumstamm und atmet tief ein. Wie gut es hier riecht! Eine Mischung aus modriger Erde, frischen Blüten und Duft von ätherischen Ölen der Tannennadeln. Bernhard schließt die Augen und hört auf einmal das Gezwitscher der Vögel. Es hört sich an wie durcheinanderplappernde, entspannte Menschen im Café. Wie herrlich sie singen! Wie hat er nur vergessen können, wie viel Kraft der Wald ihm gibt und wie wenig sein Büro ihm zurückgeben kann? Mit einem Mal ist der morgige Prozess in so unendliche Weite gerückt, soll die betrogene Ehefrau doch mindestens die Hälfte von dem Halsabschneider bekommen und ihr Leben genießen. Ab jetzt wird wieder Naturkraft getankt. Ab jetzt wird wieder auf die Stimme ganz tief drinnen gehört. Ab jetzt ist das Leben anders. Ab jetzt gehört es wieder Bernhard, dem Kind von damals.

Eine Woche (oder der ganz normale Wahnsinn)

Fast geräuschlos glitt der letzte Nachtzug aus der Halle. Der Bahnsteig war leer, bis auf einen einzelnen Mann. Er hatte sich eine Zigarette angezündet und starrte dem Zug nach, dessen rote Schlusslichter rasch kleiner wurden. Nervös zog er an der Zigarette. Dabei wollte er doch aufhören, einem Konzern für die Schädigung seiner Lungen Geld zu bezahlen. Er dämpfte die Zigarette rasch wieder aus. War es ein Fehler gewesen, sie einfach fahren zu lassen? Hätte er beharrlicher fragen sollen, welchen Hintergrund das Ganze hatte? Hätte er darauf bestehen sollen in den Ferien gemeinsam zu fahren?

Noch immer starrte er auf die leeren Schienen. Der Zug war längst verschwunden. Er hatte ihren Koffer in den Zug gehoben, warum war er nur so schwer gewesen? Er ging schnell nach Hause. Alles ruhig. Er bemerkte, dass ihr Laptop fehlte. Außerdem ein Haufen Notizen, die sie immer auf dem Schreibtisch liegen hatte. Ein paar Bücher aus dem Regal waren auch verschwunden. Warum wollte sie eine Woche für sich? Wovor war sie auf der Flucht? Es war zwei Uhr nachts. Er musste sich hinlegen, um halb sechs würde der Wecker läuten. Er hatte sich zwar eine Woche freigenommen, aber es war Freitag, die Kinder mussten zur Schule. Unbarmherzig riss ihn der penetrant piepende Wecker Punkt 5.30 Uhr aus einem unruhigen Schlaf. „Oh Gott, wie beschissen müde ich bin", dachte er und zwang sich dennoch aufzustehen. Er richtete parallel Jause und Frühstück für die beiden Kinder, die er mit Rufen aus der Küche zu wecken versuchte. Ohne Erfolg. Ein Brot in der Hand ging er ins Kinderzimmer und zog mit dem Fuß die Decken weg. „Aufstehen, es ist spät, ihr versäumt den Bus!", grummelte er mit belegter Stimme. Nach einer gefühlten Ewigkeit voller „Ich will nicht, ich bin müde, was soll ich anziehen? Wo ist mein Pulli? Ich finde meine Füllfeder nicht, ich mag keinen Toast mit Butter, von dem Frühstück wird mir schlecht, wer hat meine Stiefel versteckt?" hatte er es endlich geschafft, die Kinder Richtung Bushaltestelle zu schicken. Wie gerne würde er sich jetzt hinlegen und schlafen. Aber er musste noch ein paar Besorgungen machen, für das Wochenende einkaufen und den Kindern etwas kochen. Mit hungrigen Kindern ging nämlich gar nichts. Als er mit vollen Einkaufstaschen nach Hause kam, stand das Frühstücksgeschirr noch auf dem Tisch. Am Boden lagen so viele Brösel, dass der Ausdruck ‚Bei denen kann man vom Boden essen' eine ganz neue Bedeutung bekam. Er räumte den Einkauf aus. Dosen und Tiefkühlzeug in den Keller, Wurst und Käse in das Tupperzeug, Obst auspacken und in die Schale, den Kühlschrank neu schlichten damit alles hineinpasste. Als er die Frühstücksteller und Tassen in den Geschirrspüler stellen wollte, bemerkte er, dass dieser noch ausgeräumt werden musste. Danach Brösel aufsaugen, schnell duschen, dem Briefträger mit einem Handtuch um die Hüften ein Paket abnehmen, anziehen und kochen; um zwölf Uhr fielen die Kinder ein. „Hunger!", riefen sie, während sie ihre Schuhe im hohen Bogen in den Vorraum fetzten, die Schultaschen, Hauben und Jacken im Gehen abstreiften und dabei ganz darauf vergaßen, die Türe hinter sich zu schließen. Es kostete ihn einiges an Kraft, bis er sie so weit hatte, alles an den richtigen Platz zu hängen und mit gewaschenen Händen bei Tisch zu sitzen. Beim Essen wurde laut gesungen, über die Beilage gemault, ein Glas umgeworfen. Er machte beim Essen alles, nur selbst nicht in Ruhe essen. „Macht jetzt schnell Hausübung, wir müssen dann los", sagte er zu den Kindern, nachdem sie mitten im Mahl „mag nicht mehr" schrien und Richtung Fernseher losstarten wollten. Er musste den

Esstisch abräumen, wurde aber abwechselnd zu den Schreibtischen zitiert, weil sie „nicht wussten wie das geht". Dazwischen packte er schnell die Musikschulsachen und das Tennisgewand der beiden ein. Freitags war immer langer Nachmittag. Nach einer gefühlten Ewigkeit hatte er endlich die Kinder fertig angezogen im Auto sitzen. Es war mächtig spät. Erstes Kind zum Privatlehrer, zweites zehn Minuten später bei der Musikschule abgeben, erstes Kind vom Privatlehrer holen, zweites Kind von der Musikschule holen, beide zum Tennisunterricht bringen. Er parkte vor der Tennishalle ein und sagte: „Nicht über die Straße laufen!" Beide sprangen aus dem Auto und liefen während er noch die Tennissachen aus dem Kofferraum holte ohne zu Schauen über die Straße. Er verschloss das Auto und hetzte ihnen nach. Anstatt sich seine Predigt über „Links und Rechts schauen bevor man über die Straße geht", anzuhören, liefen die beiden mit Socken und Unterhose um den Tennisplatz, auf dem noch der Anfängerkurs im Gange war. Er versuchte sie abzufangen und hielt ihnen die Tennishosen hin. „Ihr sollt hier nicht ohne Schuhe laufen!" Sie rissen die Hosen aus seiner Hand und liefen weiter. Er klaubte die Jeans, die verkehrt abgestreift am Boden lagen auf, schüttelte den Tennissand ab, drehte sie um und legte sie auf die Bank. Naja, am Wochenende würde alles entspannter sein.

Als sie nach Hause kamen, räumte er die Musikschul- und Tennissachen aus dem Auto und verstaute alles auf seinen Platz während die Kinder ihr gesamtes Spielzeug im Haus verteilten. Am Wochenende wollte er mit ihnen ein Spiel spielen oder ein Buch lesen, rausgehen kam bei dem Regen nicht in Frage. Aber sie hatten auf nichts Lust außer auf Fernsehen, Streiten und Kekse essen. Ach so ja, Herummaulen über das Essen und „nein" schreien, wenn er sie zum Aufräumen aufforderte, waren auch unter den Top fünf worauf sie Lust hatten.

Innerhalb von 36 Stunden nach der Abreise seiner Frau war das Haus komplett verkommen. Wäscheberge im Bad, Socken, Unterhose und Jean in einem Stück ausgezogen, daneben T-Shirts und Pullis zwischen nassen Handtüchern am Boden. Legosteine überall, die zur hintertückischen Falle werden konnten, wenn man im Dunkeln aufs WC musste. Die Küche war zu einem einzigen Desaster mutiert. Geschirr und Essensreste wechselten einander ab mit verschimmelnden Orangen, hässlichen Spielzeugmonstern, halbleeren Joghurtbechern, Zeichenblättern, Mitteilungsheften, Milchpackerl und ungeöffneter Post. Am Esstisch war de facto kein Platz mehr zum Essen. Von den Relikten am Boden konnte man locker einen Grenadiermarsch gespickt mit Murmeln und Puzzleteilen für vier Personen kochen. Seifenspender waren leer, Müllsäcke voll. Nicht nur die Müllsäcke, das Haus war zum Bersten voll. Dafür war er leer wie die Flasche Chianti, die er mit ihr am Tag vor ihrer Abreise getrunken hatte. Wo sammelte sie noch mal das Altglas? Die ganze Woche war getaktet und sein Kopf war hohl und erschöpft. So hatte er sich eine „freie" Woche zu Hause nicht vorgestellt.

Freitagmorgen, die Sonne malte ihr warmes Winterlicht auf dem Bahnsteig. Es herrschte geschäftiges Treiben. Ihm fiel auf, dass er vor einer Woche die letzte Zigarette an dieser Stelle geraucht hatte. Seitdem war er so beschäftigt gewesen, dass er aufs Rauchen vergessen hatte. Endlich fuhr der Zug ein. Sie stieg ganz hinten aus und kam mit strahlendem Gesichtsausdruck auf ihn zu. Der Schritt beschwingt und locker, der Koffer rollte und hopste hinter ihr her. Warum war sie so gut drauf? War doch ein anderer Mann im Spiel? Seine erschöpfte Mimik erlaubte ihm gerade noch fragend eine Augenbraue hochzuziehen. Als sie bei ihm angekommen war, holte sie über das ganze Gesicht leuchtend einen USB-Stick aus der Hosentasche und hielt ihn triumphierend in die Höhe. „Das ist sie!"

„W... wer ist das?"
„Die Rohfassung von meinem ersten Roman!"

Eine harte Nuss

Oh Gott, tat das weh! Mein Kopf schmerzte, als würde jemand mit dem Presslufthammer mein Schmerzzentrum bearbeiten. Wo war ich? Ich lag am Rücken und spürte warmen Sand unter mir. Vorsichtig öffnete ich die Augen. Die Sonne blinzelte durch Palmenblätter auf mein Gesicht. Ach ja, der Urlaub. Jetzt fiel mir wieder alles ein. Drei Jahre nach dem Tod meiner Frau hatte ich mich von meinen Kumpels Bernd und Martin überreden lassen, wieder einmal Urlaub zu machen.

Zugegeben, ich hatte mich nach Carolins Autounfall hinter meiner Trauer versteckt und mit der Zeit irgendwie verlernt, mein Leben weiterzuleben. Ich verschanzte mich in meiner Wohnung und verließ sie nur um zu arbeiten oder um dienstags mit Bernd und Martin zu rudern. Die Welt da draußen konnte mir gestohlen bleiben. Als ich eines Tages beim Heben des Schreibtisches einen Hexenschuss erlitt und unfähig mich zu bewegen stundenlang in der Wohnung lag ohne dass es jemand bemerkte, wusste ich, dass Bernd und Martin Recht hatten. Ich musste wieder hinaus, ich musste im Meer statt im Selbstmitleid baden.
Als ich nach sinnlosen Rufen – das gesamte Wohnhaus dürfte bei der Arbeit gewesen sein - so dalag und nicht fähig war mich Richtung Telefon zu bewegen, begann ich über die irrwitzigsten Dinge nachzudenken. Ich überlegte ich mir ein Reiseziel. Ich wollte schon immer nach Asien. Vor vielen Jahren hatte sich bei einer regnerischen Straßenbahnfahrt ein Plakatbild in meine Erinnerung gebrannt: ein paar riesige, vom Meer geschliffene Felsen, wie von Geisterhand hingewürfelt auf einen weißen Sandstrand, dahinter ein dichter Palmenwald unter tief blauem Himmel und im

Vordergrund das türkisfarbene, klare Wasser, in das man direkt hineinlaufen wollte. Es war das Werbeplakat eines Reiseveranstalters für Sri Lanka. Dieses Bild war mir irgendwie nicht mehr aus dem Kopf gegangen.

Und auch an diesem Tag, als ich mit schmerzverzerrtem Gesicht dalag, schoss mir diese phantastische Landschaft in den Sinn. Zu meinem Glück meinte ich genau an einem Dienstag, meinen Schreibtisch näher zum Fenster rücken zu müssen. Kurz vor Beginn unserer Ruderstunde läuteten meine Kumpels Sturm und halfen mir nach armseligen Hilferufen meinerseits mit einem waghalsigen Einstieg über den Balkon aus meiner prekären Lage. „Wolltest wohl das Training schwänzen", meinte Bernd und Martin grinste mich hämisch an. Von einer netten Ärztin wieder in die Vertikale gespritzt, ging ich am nächsten Tag ins Reisebüro.

„Wo soll´s denn hingehen?", fragte der Angestellte desinteressiert.

„Nach Sri Lanka!", hörte ich mich laut und bestimmt sagen, was mich selbst verwunderte. Ich wählte den Flug mit Stoppover in Thailand, weil „One Night in Bangkok" wollte ich mir nicht entgehen lassen. Ich besuchte zwei Tage diese bunte, pulsierende Stadt und flog voll mit frischen Eindrücken weiter nach Colombo. Nach einer abenteuerlichen, dreistündigen Busfahrt hatte ich endlich mein wunderschönes Hotel um Mitternacht erreicht.

„Hello Sir", begrüßte mich die freundliche Dame mit asiatischem Akzent an der Rezeption. „We can give you an upgrade for our "Seaside Suite" for the same price. From this room you have got a very nice view over the beach," meinte sie lächelnd. Die Suite mit Meeresblick statt dem Einzelzimmer fürs selbe Geld, der Urlaub war wohl mehr als gebongt, sagte ich mir. Ich schlief in einem Wahnsinnsbett bis zehn Uhr morgens und labte mich an einem göttlichen Frühstücksbuffet. Als Verdauungsspaziergang – und ich hatte einiges zu verdauen – wollte ich den Strand erkunden. Ich verließ das Hotelareal und ging barfuß durch die sanfte Brandung Richtung Osten. Ich spürte das Salzwasser auf meinen Füßen, machte hin und wieder ein Foto von der traumhaften Landschaft und dem türkisfarbenen Meer. Die milde Brise fühlte sich so wunderbar an auf meiner Haut. Unter mir der weiße Sand, links von mir ein dichter Palmenwald und rechts tummelten sich kleine bunte Fische im seichten Meer. Da bemerkte ich, dass ich mittendrin war in meinem Bild vom Paradies. So leicht hatte ich mich schon lange nicht mehr gefühlt, zumindest die letzten drei Jahre waren weit entfernt gewesen von diesem Schweben im Land der Erfüllung.

„Was für eine gute Entscheidung, hier her zu kommen!", dachte ich mir. Jetzt würde alles besser werden, ich war nun bereit, mein Selbstmitleid gegen pure Lebenslust einzutauschen. Da weit und breit keine Menschenseele zu sehen war, rief ich ein lautes „Jaaaaaa!" aus und sprang ein paar Mal in die Luft. Als ich befreit weiterging, sah ich etwas Rotes unter den Palmen hervorblitzen. Ein kleines Fischerboot mit Auslegern lag da im Halbschatten: Das musste ich mir genauer ansehen. Ich ging zu den Palmen und ... erwachte plötzlich mit diesen wahnsinnigen Kopfschmerzen! Was war passiert? Ich richtete mich mit einem lauten Stöhnen auf und tastete nach meinem Rucksack. Ich hatte Geld, Pass und Kamera immer bei mir getragen. „Aber ... das gibt's doch nicht", murmelte ich. Neben mir lag das rote Fischerboot, nur von meinem Rucksack war weit und breit keine Spur. Ich ließ mich wieder in den Sand fallen, weil die Schmerzen überwältigend waren und fiel in einen leichten Dämmerschlaf.

Ich weiß nicht, wie lange ich da gelegen hatte, als ich wie durch Watte Stimmen in der Ferne hörte. Ich versuchte mich aufzurichten, aber ich war total benommen. Hundegebell kam näher und die Stimmen auch. Ich öffnete die Augen als mir eine raue Zunge über das Gesicht leckte.

„Mistel, Mistel, al you ok?" Ein paar Männer in Uniform standen um mich und starrten mich an. Der Hund, ein zotteliger Mischling, legte sich neben mich und hechelte mich mit argem Mundgeruch an.

„I have got a bad headache", stammelte ich. Mein Sprachhirn dürfte also nicht beschädigt worden sein.

„Mistel, a coconut hit you, you al lucky, that you al alive."

Ich versuchte mich aufzurichten. Da sah ich auch die Kokosnuss, die neben mir lag. Ich griff an meinem Hinterkopf, auf dem ich eine riesige Beule verspürte.

„Autsch!", entfuhr es mir. „My backbag was stolen, my passport, my camera, my money!", murmelte ich zerknirscht.

„Oh no, no, Mistel!" Der kleine uniformierte Asiate vor mir lächelte freundlich und erklärte im gebrochenen Englisch:

„The dog of the Lady found you and brought your backbag to the Maline research station. She called the police and the dog lead us here."

Ich verstand nur Bahnhof. Der Hund hatte mich aufgespürt? Welche Lady? Der Officer trat auf die Seite und da sah ich in Augen, die so blau waren wie der Himmel über uns. Ein strahlendes, sanftes Lächeln und dunkle Haare, die der Wind immer wieder über das Gesicht der „Lady" wehte.

„Ich habe Ihren Rucksack, Jack hat ihn mir gebracht. Ich dachte mir schon, dass da was faul sein muss", meinte die bezaubernde Lady. Sie sprach akzentfreies Deutsch.

Der Rest ist Geschichte. Ich machte unbezahlten Urlaub – danke lieber Chef – bis das Forschungsprojekt von Marlies beendet war. Seit jenem Tag bin ich dieser wunderbaren Frau nicht mehr von der Seite gewichen.

Jack und ich sind die besten Freunde geworden, er lässt sich sogar Mundspray für Hunde von mir verabreichen. Ich freue mich sehr, dass Ihr alle gekommen seid um mit uns hier, wo alles mit einer Kokosnuss begann, Hochzeit zu feiern. Bevor alle demonstrativ gähnen, beende ich jetzt meine Rede und eröffne hiermit das Buffet.
Und denkt dran: immer einen Helm aufsetzen, wenn Ihr unter einer Palme steht!

Königskinder

1.2.2013
Von: hermann.weithammer@wtm.com
An: greta.reinberg@wtm.com
Betreff: Amaged Trainings

Sehr geehrte Frau Mag. Reinberg,

da sie zu unserer Spezialistin für das neue Amaged-Tool
geworden sind, möchte ich Sie bitten, gemeinsam mit
einem Münchner Kollegen, Herrn Clemens Lachner, bis
zum Jahresende die zweieinhalbtägigen
Mitarbeitertrainings in allen europäischen
Niederlassungen abzuhalten. Ich hoffe, es lässt sich mit
Ihrer Familie vereinbaren, wenn Sie ein- bis zweimal pro
Monat verreisen.
Die genauen Termine bekommen Sie von meiner
Sekretärin.

Mit freundlichen Grüßen
Hermann Weithammer

„Mama, Hilfe, ich brauch Dich! Ich muss bis Jahresende
alle zwei bis drei Wochen in ganz Europa Schulungen
abhalten. Könntest du auf die Kinder schauen? Erich
hat noch viele Gutstunden übrig, der kann hoffentlich
an diesen Tagen um fünf Uhr daheim sein."
„Klar Schätzchen, mir fällt daheim ohnehin die Decke
auf den Kopf und ich war schon lange nicht mehr bei
euch in der Stadt. Das werden wir schon schaukeln,
Kuss, Mama."

28.2.2013:
„Guten Morgen Fr. Mag. Reinberg, ich warte am Gate
auf Sie. Sie erkennen mich am auffälligen Trolley meiner

Tochter (giftgrün, mit einer rot-gelben Kuh darauf), meiner ist leider kaputt."

„Morgen, Herr Lachner, meiner ist pinkfarben... ☺."

2.3.2013:

„Cooles Training, die Co-Moderation mit Dir hat Spaß gemacht. Wir sind ein kongeniales Amaged-Team!"

„☺ Stimmt, hast Dich auch mächtig ins Zeug gelegt, vor allem bei den TeilnehmerINNEN. Hatte schon befürchtet, dass sich der Herr Lachner als Lachnummer entpuppt."

„Und? Zufrieden mit dem Münchner Kollegen?"

„Absolut zufrieden, ein Amaged-Held quasi! Und wie ist es mit der Salzburger Kollegin?"

„So eine steile Schnall.. äh, eine sehr nette Mitarbeiterin!"

„Schleimer! PS: der Trolley ist wirklich abartig!"

14.6.2013:

„War eine gute Idee, noch einen Tag in Stockholm dranzuhängen, ich freue mich wie ein kleines Kind, wenn ich neue Orte unserer Welt kennenlerne!"

„Ist mir nicht entgangen, Gretchen. Wieviele Speicherkarten hast Du vollgekriegt?"

„Och, waren eh nur 350 Fotos... Ich schick Dir einen Link zum Downloaden."

5.8.2013:

Hi Clemens, ich hab drüber nachgedacht, was Du in unserer durchgequatschten Nacht am Hoteldach in Florenz gesagt hast. Ob ich eine glückliche Beziehung führe ... Ich glaube, ich hatte keine Antwort, weil ich in den letzten Jahren in meinem Hamsterrad einfach nicht darüber nachgedacht habe. Glücklich ...? Ich bin nicht unglücklich, das trifft es wohl eher. Weißt Du, Erich und ich kennen uns schon so lange, der Alltag mit den Kindern funktioniert ganz gut. Er war damals zur rechten Zeit am rechten Ort, es hat für uns beide gepasst, eine Familie zu gründen."

„Liebst du ihn?"

„Wahrscheinlich auf eine tief freundschaftliche Art und Weise. Warum fragst du?".

„Ich meine, hast du deine Lebensliebe in ihm gefunden?".

„Ich habe mich schon oft gefragt, ob das schon alles ist. Ich fühle mich echt fies, weil ich es überhaupt ausspreche. Erich ist ein guter Vater. Ich vermisse viel in unserer Beziehung, er ist nicht gerade der tiefgründige, romantische Typ. Aber ich würde meinen Kindern nie ihre intakte Familie nehmen, selbst wenn die Liebe meines Lebens über meinen Weg stolpert."

„Das ehrt dich sehr. Meine Kinder sind zwar schon erwachsen (oder tun zumindest so ;), aber es wäre trotzdem hart, wenn Birgit und ich uns trennen würden. Dabei ist es bei mir ähnlich wie bei dir... Unsere Beziehung ist so leer irgendwie. Was, wenn die beiden nach dem Studium ausgezogen sind? Eigentlich sind wir nur zusammengezogen, weil Birgit mit Lorina schwanger war. Dann kam gleich Niklas und es war klar, dass – wie du sagst – eine intakte Familie oberste Priorität hat. Ich bin nicht sicher, ob der Rest meines Lebens so sein soll wie es jetzt ist. Find ich toll, dass ich mit dir drüber reden kann, meine Kumpels sind auch nicht gerade die tiefgründigen Gesprächspartner."

„Stimmt, ich konnte auch schon lange nicht mein Innerstes ausstülpen. Bitte lösch die letzten Nachrichten, sonst kriegen wir Ärger bei soviel nackter Wahrheit."

„Schon passiert. Schön, eine Vertraute zu haben ☺."

20.9.2013:

„Das ist nicht dein Ernst!"

„Was denn? Hat Dich Herr Kollege Scheibenast am Gate erwartet?"

„Er hat einen Schnautzer, ein clownmäßiges Haarkränzchen und eine Brille, für die man einen Waffenschein benötigt! Außerdem ist er der verkorkteste Mensch, der mir in den letzten 44 Jahren begegnet ist und er riecht nach Fisch!"

„Sorry. Tut mir leid, echt. Aber das was ich dir in Dublin gesagt habe, war mein voller Ernst, ich kann so nicht weitermachen."

„Moment, du sagst mir, dass du mich liebst und mich deshalb nicht mehr sehen willst, weil du das gefühlstechnisch nicht packst. Dann lässt du mich im irischen Regen stehen ohne dir anzuhören, was *ich* dazu zu sagen habe?"

„Das war nicht nett, ich weiß. Was hättest du mir gesagt?"

„Ja, verdammt noch mal, ich bin auch seit unserer ersten Reise total verknallt in dich und mir fällt es genauso schwer, neben dir zu stehen und dich nicht zu berühren. Und nein, ich habe auch keine Lösung, weil ich genau so wenig meine Familie sprengen will wie du deine. Aber dich einfach nicht mehr zu sehen... (und Trainings mit Schnauzeclown Scheibenast abzuhalten!)? Das kann doch nicht das Ende sein!?"

„Kennst du die Ballade von den Königskindern? So fühl ich mich gerade."

„Aber die hat ja kein Happy End."

„Ach so, Mist. Ich kenne nur die erste Strophe aus meiner Kindheit:

,Sie konnten zusammen nicht kommen,
das Wasser war viel zu tief'."

„Ich habe gerade keine große Lust, ein Königskind zu sein."

„Ok, Greta. Ein Wochenende. Verlängere dein Training Mitte Oktober bis Sonntag. Das sind unsere drei Tage, die kann uns niemand nehmen. Auch nicht das blöde, tiefe Wasser."

20.10.2013:

„Barcelona war so wunderschön, ich schwebe noch immer auf Wolke sieben. Wenn wir alt sind werden wir dann sagen: 'Uns bleibt immer noch Barcelona'?"

„Greta, ach meine liebe Greta. Seit ich aus Spanien zurück bin, ist mein Leben nicht gerade einfacher geworden. Bin zerrissen. Ich vermisse dich wahnsinnig."

„Hand in Hand durch den Güell Park, das war wie Casablanca hoch drei. Miss U 2"

„Ich habe noch den salzigen Meeresduft in der Nase und fühle dein Gesicht in meinen Händen. Dass deine Lippen weich sein mussten war mir von Anfang an klar, aber dass sie sich derart sanft anfühlen..."

„Deine sind auch nicht von schlechten Eltern. War das alles echt oder nur ein Traum? Dass mir so etwas auf meine alten Tage passiert, hätte ich mir nicht gedacht, ich wollte dich am Flughafen gar nicht mehr loslassen, „snief"."

„Im Radio spielt es gerade Katie Melua ‚This is the closest thing to crazy I have ever been, feeling twenty two, acting seventeen...'."

15.2.2014:
„Clemens, wie geht es dir? Ich denke sehr oft an dich. Erich ist nach Weihnachten ausgezogen, er hat sich – klischeegetreu – in seine 25jährige Sekretärin verliebt. Die Kinder leiden. Wir wursteln uns so durch. Um ehrlich zu sein, mehr schlecht als recht. Magst du uns vielleicht mal besuchen kommen? Ich könnte eine feste Umarmung gut gebrauchen."

17.2.2014:
Liebste Greta, entschuldige bitte die späte Antwort. Wir haben vor zwei Tagen erfahren, dass Birgit Leukämie hat."

„Shit! Das tut mir so leid!"

„Greta, ich kann sie jetzt nicht alleine lassen. Ich hoffe, du verstehst das. Lorina und Niklas sind am Boden zerstört. Ich werde hier gebraucht wie nie zuvor."

„Mein Gott Clemens, natürlich sollst du bei deiner Familie bleiben! Meinst du, wird Birgit wieder gesund? Ich wünsche es mir so für euch!"

„Ich weiß es nicht, sie ist guter Dinge, aber der Arzt hat mir zu verstehen gegeben, dass es ein harter Kampf werden wird. Greta, ich umarme dich ganz fest. Ich liebe dich."

19.2.2014:
„Ach, Greta, entschuldige! Ich habe nur von mir geschrieben und gar nicht gefragt, wie es euch geht! Wie oft sehen die Kinder Erich? Bist du sehr alleine?"
„Danke der Nachfrage. Er hat es uns am Neujahrstag gesagt und gleich die Koffer gepackt. Es waren schlimme Tage. Mathis war wütend, Flora hat geweint und Linus hat bis heute gar nichts verstanden. Er fragt ständig, wo Papa ist. Sie mögen die Neue nicht besonders. Wenn er sie alle paar Tage zu sich holt, weiß ich gar nichts mit mir anzufangen. Ich ertappe mich beim Fenster putzen..."
5.5.2016:
„Liebste Greta, Birgit ist erlöst worden. Wir haben sie vor vier Wochen beerdigt. Es war schrecklich, aber wichtig, dass wir bei ihr waren, als sie ging. Lorina und Niklas waren gut vorbereitet, trotzdem trifft es die beiden sehr. Sie wohnen noch bei mir. Ich würde dich so wahnsinnig gerne sehen."
„Clemens, es tut mir so unglaublich leid! Das muss so schrecklich für euch gewesen sein, ich habe sehr viel an euch gedacht und gehofft, dass es anders ausgeht."
„Danke für dein Mitgefühl! Tut gut, von dir zu lesen. Steht das Angebot mit dem Besuch noch?"
„Erich hat seine junge Tussi nach ein paar Monaten wieder verlassen und ist vor einem halben Jahr wieder bei uns eingezogen. Die Kinder sind selig..."
„Ach Greta... Es waren zwei Königskinder..."
„Ich verzehre mich nach dir..."

Ein Gnom zum Verlieben

Es war eine düstere Novembernacht und ich war allein zu Hause. Der Hund hatte schon ein paar Mal angeschlagen, als er gegen Mitternacht endlich Ruhe gab. Ich wälzte mich noch eine Weile hin und her, hörte das alte Haus ächzen und knarren und war gerade eingeschlafen, als ich spürte, dass es ganz hell im Zimmer geworden war.

Ich öffnete die Augen und sah einen Gnom am Tisch sitzen, der eine Laterne in der Hand hielt, die fast so groß war wie er selbst. Erschrocken fuhr ich hoch. Mein Hund lag regungslos neben dem Bett und rührte sich nicht.
„Äh.. wer bist du?", entfuhr es mir ängstlich. Der Gnom lächelte und schwenkte seine Laterne, deren Griff grauslich quietschte. Mein Hals war wie zugeschnürt vor Aufregung. Mein Hund rührte sich noch immer nicht. Alleine durch das Licht oder meine dramatisch quiekende Stimme hätte er aufwachen müssen. Ich glaubte nicht an Gnome oder sonstige Wesen aus einer anderen Welt. Wollte mir jemand einen Streich spielen? Für einen Liliputaner war er zu klein und für eine Puppe sah er zu echt aus. Er trug eine grüne Zipfelmütze und ein Jackett, das mit einem Gürtel in der Taille zusammengefasst war. Außerdem eine schwarze Hose in Puppengröße. Seine Nase war groß und knollig rund, seine Augen gütig und der Schnurrbart lang.
„Komm, ich zeig dir etwas," sagte der Gnom und sprang gelenkig vom Tisch. Er machte eine Handbewegung, dass ich ihm folgen sollte. Ich wusste nicht, was er von mir wollte oder wohin er mich locken würde. Vielleicht war es ein Trick und ich würde draußen von seinesgleichen überfallen werden.
„Du musst keine Angst haben, ich will dir nur etwas zeigen", sprach der Gnom gutmütig, als konnte er meine Gedanken lesen. Unbeholfen kroch ich aus dem

Bett, die Fensterläden knarzten und der Hund schlief weiterhin tief und fest. Ich zog eine Weste über, weil mich fröstelte. Unsicher tapste ich hinter dem Gnom her, dessen baumelnde Laterne uns den Weg leuchtete. Wir stiegen die knarrenden Stufen hinab zur Eingangstüre. Mit einer Handbewegung deutete er der Türe an, sich zu öffnen, was sie auch tat. Dabei war ich sicher, dass ich sie abgesperrt hatte. Der kalte Novemberwind blies uns garstig und dreist entgegen. Die Türe fiel hinter mir ins Schloss. Die Kälte drang bis zu den Knochen in meinen Körper. Dennoch folgte ich der baumelnden Laterne samt Gnom über den knirschenden Kieselweg. Plötzlich war mir, als würde mir der Wind „schneller" ins Ohr flüstern. Ängstlich folgte ich der Anweisung und schloss zu meinem kleinwüchsigen Anführer auf.

Gleichsam wie davor bei der Eingangstüre öffnete der Gnom mit einem Deut seiner Hand das Gartentor und bog auf den Gehsteig nach rechts. Er sah sich um, ob ich ihm auch wirklich folgte und lächelte mir zu. Er blieb vor dem Haus des Nachbarn stehen und öffnete in gewohnter Manier dessen Tor. Ich sah, dass im ersten Stock ein kleines Licht brannte, was zu dieser Stunde sehr ungewöhnlich war. Ich hatte noch nicht viel Kontakt zu meinem erst vor kurzer Zeit eingezogenen Nachbarn gehabt, aber ich wusste, dass er unter der Woche relativ zeitig im Bett war, weil er früh das Haus verließ. Der Gnom ließ mit einer Handbewegung eine Leiter, die an der Hausmauer hing, aus der Befestigung schweben und drehte die deutenden Arme so, dass sie sich an die Wand lehnte. Genau unter das Fenster, aus dem der Lichtschein kam. Dann zeigte er mir, dass ich auf die Leiter steigen sollte. Ich zögerte. Ich hatte Höhenangst und bei einem Sturz aus drei Metern konnte man sich schlimme Verletzungen zuziehen. Er las offensichtlich meine Bedenken in meinem Blick und beruhigte mich abermals knapp: "Keine Angst."

Plötzlich war das mulmige Gefühl verschwunden. Ich hörte mich „Okay" sagen und stieg die Leiter zügig hinauf. Als ich das Fenster erreicht hatte, sah in ein Bett im Schein der Nachttischlampe. Darin wälzte sich mein neuer Nachbar hin und her, sein Gesicht war schweißbedeckt, seine Haare klebten auf der Stirn. Erst jetzt fiel mir sein kantiges Gesicht auf. Bis dato hatte ich außer ein knappes „Hallo" kein Wort mit ihm gewechselt. Ich wollte nach einer gerade gescheiterten Beziehung von Männern erst mal nichts mehr wissen, deshalb hatte ich ihn total ignoriert. Ich wohnte alleine mit meinem Hund in dem kleinen, geerbten Häuschen meiner Großmutter und hatte eher bedauert, dass mein betagter Nachbar ins Heim musste und seine Kinder das Haus an einen Fremden vermietet hatten.

Ich schlug die Augen auf. Verdammt, was ist jetzt los? Ich lag in meinem Bett, draußen war es hell, der Hund scharwenzelte um mich herum und leckte meine Hand ab. Ich bin doch noch gerade auf der Leiter... „Mist, der Nachbar!", fuhr es mir durch den Kopf.
Ich sprang aus dem Bett, der Hund machte vor Schreck einen Satz auf die Seite. So mobil kannte er mich nicht zu dieser Uhrzeit. Im Hinunterlaufen zog ich mir eine Weste über, trotz der Kälte schlüpfte ich barfuß in meine Gartenschlapfen und lief zum Tor hinaus. Eine vorbeiwackelnde, alte Dame sah mich befremdet an. Ich stürzte durch des Nachbarn Gartentor, das eigenartiger Weise nicht versperrt war. Die Leiter hing wieder an zwei Haken an der Wand. Umständlich versuchte ich, das lange Ding abzunehmen und an die Hausmauer zu lehnen. Ohne mir Gedanken über meine Höhenangst zu machen, stieg ich die Sprossen hinauf. Beim Fenster angekommen, legte ich meine Hände an die Scheibe, um hineinzusehen. Das Bett war leer. Da sah ich den Nachbarn am Boden liegen. Offensichtlich war er bewusstlos, er rührte sich nicht. Ich begann wie

wild an die Scheibe zu klopfen, keine Reaktion. Also kletterte ich schnell hinab, rannte zurück zum Haus, wo mich mein Hund mit fragendem Blick erwartete. Ich sprang vorbei an ihm und suchte mein Handy. Verdammt, wo hatte ich es gestern zuletzt? Mein Hund rannte ins Bad und bellte. Tatsächlich, dort lag es am Waschtisch. Woher wusste er, was ich suchte?

„Bitte kommen Sie schnell, mein Nachbar!", stammelte ich nervös nach Wählen des Notrufs.

Wie oft schon hatte ich in diversen Erste-Hilfe-Kursen gelernt, dass man sagen musste, wo was passiert ist, wer involviert ist und man sich mit Namen melden sollte. Aber das war alles vergessen. Der Herr am anderen Ende der Leitung entlockte mir jedoch alle wichtigen Details und bat mich, vor der Türe auf die Einsatzkräfte zu warten.

Im Pyjama stürzte ich wieder hinaus und keine fünf Minuten später eilten Rettung und Feuerwehr herbei. Als ich die Feuerwehrmänner mit Brecheisen aus dem Auto springen sah, rannte ich zur Eingangstüre und hob einen Blumentopf auf. Darunter lag ein Schlüssel. Wie oft hatte ich den vorigen Bewohner des Hauses gesehen, wie er den Schlüssel unter dem Topf versteckt hatte.

„Ah, das hilft!", lächelte mich der Feuerwehrmann an. Schnell sperrte ich auf und ein Notarzt stürzte ins Haus. „Oben!", rief ich ihm nach. Eine gefühlte Ewigkeit später, ich war schon ziemlich durchgefroren, kamen die Rettungsleute mit einer Bahre aus dem Haus. Der Nachbar war an eine Infusion gehängt und hatte eine Sauerstoffmaske am Gesicht. Ich war so erleichtert, dass er lebte. Beim Vorbeigehen griff ich kurz nach seiner Hand. „Alles wird gut!", rief ich ihm nach und wunderte mich über meine Anteilnahme am Schicksal eines Fremden. Aber irgendwie kam er mir gar nicht mehr so fremd vor. Es war, als wären wir auf einmal sehr vertraut, als hätten wir gemeinsam etwas durchgestanden. Ich stand an der Straße und sah noch lange dem Rettungswagen nach. Dann ging ich langsam zum Haus und versperrte es wieder.

Ich musste in den nächsten Tagen und Wochen oft an den Nachbarn denken. Der Gnom ließ sich nicht mehr bei mir blicken. Oft wachte ich in der Nacht auf und sah mich um. Aber nichts, keine Laterne, kein Gnom weit und breit. Dabei hatte ich so viele Fragen.

Das Haus des Nachbarn war leer, hin und wieder sah ich seine Mutter ein und aus gehen. Wahrscheinlich war sie da um die Blumen zu gießen, um den Postkasten zu leeren und nach dem Rechten zu sehen. Da ich nicht wusste, was mit ihrem Sohn los war, traute ich mich auch nicht, die Mutter anzusprechen. Vielleicht lag er im Koma und ich trat in ein riesen Fettnäpfchen, wenn ich sie auf den Gesundheitszustand ihres Sohnes ansprechen würde.

Ein paar Wochen später, kurz vor Heilig Abend läutete es an meiner Türe. Mein Nachbar stand draußen und lächelte mich an. „Hallo!"

„Äh, hallo, Sie .. äh Sie sind schon wieder zu Hause? Wie schön!", brachte ich hervor.

Mein Gott, die Augen waren ja so blau wie die von Terence Hill, dem absoluten Schwarm meiner Kindheit.

„Ich glaube, wir können ‚du' sagen, ich heiße David. Ich habe gehört, dass du mir das Leben gerettet hast."

„Hab ich das? Äh... ich heiße Sarah übrigens. Angenehm."

Ich streckte David die Hand entgegen. Seine war viel wärmer und er drückte meine sanft.

„Ja, das hast du. Ich hatte einen schweren Infekt mit 41 Grad Fieber, ein paar Stunden später und ich hätte dir von da oben gewunken," grinste David mich an und zeigte zum Himmel. „Ich würde mich gerne mit einem gemeinsamen Essen revanchieren."

„Und mit einem gemeinsamen Leben," schoss es mir durch den Kopf, weil ich merkte, wie meine Knie weich wurden und irgendwelche Tiere in meinem Bauch rumflatterten.

„Ja, gerne, wann denn?"

Da sah ich hinter Davids Schulter den kleinen Gnom am Gartenzaun sitzen. Er formte mit seinen beiden Daumen und Zeigefingern ein Herz und zwinkerte mir vergnügt zu.

Timmy und die Schneekugel

(eine Kindergeschichte nach einer wahren Begebenheit)

Es war einmal ein kleiner Junge namens Timmy. Timmy fuhr mit seinen beiden Brüdern und seinen Eltern auf Schiurlaub. Auf den hatte er sich schon so lange gefreut. Es war einfach cool mit den Brettern über den Schnee zu flitzen. Timmy konnte in diesem Jahr schon richtig gut fahren. Vormittags ging er in die Schischule, am Nachmittag durfte er mit Mama oder Papa die Piste hinuntersausen.

Am vorletzten Nachmittag fand Timmy am Pistenrand eine riesengroße, wunderschöne Schneekugel. Er sagte, dieser weiße Klumpen sei von nun an sein Freund. Timmy hob die Kugel behutsam auf und fuhr damit den Berg hinunter. Er war ja noch so klein, dass er ohne Stecken fuhr. Timmy war unendlich stolz auf seinen neuen Freund und bemühte sich, besonders vorsichtig zu fahren. Trotzdem rutschte er bei einem Bogen mit dem unteren Schi weg und stürzte. Timmy weinte fürchterlich.
„Hast Du Dir wehgetan?", fragte sein Papa.
„Nein, aber was ist mit meiner Schneekugel", schluchzte Timmy verzweifelt, „ist sie noch ganz?"
Papa rutschte zu der Schneekugel, die ein Stück den Hang hinuntergekullert war. Zum Glück war sie so fest und ein bisschen eisig, dass sie den Sturz ohne Schaden überstanden hatte. Timmy beruhigte sich sofort und setzte seine Fahrt mit der Kugel fort. Er fuhr ganz vorsichtig, damit ihm das nicht nochmal passierte.

Unten angekommen, wollte Timmy seinen neuen Freund mit ins Auto nehmen. Papa sagte, dass das nicht ginge, weil die Kugel schmelzen würde. Timmy war sehr traurig, aber er suchte ein tolles Versteck am Parkplatz hinter den Büschen. Hier würde der Schneekugel nichts passieren und kein Auto konnte darüberfahren.

Am letzten Abend vor dem Schlafengehen meinte Timmy, dass er vor dem nach Hause fahren noch seinen Freund die Schneekugel abholen musste.
„Timmy, das geht doch nicht", sagte sein Papa, „ich habe es Dir ja schon gestern erklärt."
Timmy fing an laut zu schluchzen, dicke Tränen rannen über seine Wangen. „Ich möchte meinen Freund mitnehmen!", wimmerte er.
Seine Mama nahm Timmy in den Arm und flüsterte: „Komm, mein Schatz, ich erzähl Dir etwas."
Timmy kuschelte sich zu seiner Mama. Noch immer weinte er bitterlich.
„Die Schneekugel ist mein allerbester Freund, ich möchte sie mitnehmen und daheim in den Kühlschrank geben, damit sie nicht schmilzt! Wenn sie hierbleibt, dann wird es warm und sie versickert im Boden."
„Wenn Du die Kugel ins Auto gibst dann schmilzt sie auch", antwortete Timmys Mama.
„Aber ich kann sie doch nicht einfach hierlassen, ich muss mich doch um meine Schneekugel kümmern!"
Timmy war wirklich verzweifelt. Seine Mama drückte ihn zu sich und erklärte ihm:
„Weißt Du Timmy, manchmal muss man Freunde in ihrer Umgebung zurücklassen, damit es ihnen besser geht. Hier kann dein Freund noch lange im kühlen Schnee liegen."
„Aber wenn es Frühling wird? Was passiert dann mit meiner Kugel?", fragte Timmy skeptisch.
„Der geschmolzene Schnee verdunstet und steigt auf zum Himmel. Dann wohnt deine Schneekugel in einer Wolke und wenn sie wirklich Dein bester Freund ist, dann wird sie mit der Wolke über den Himmel ziehen und genau über unserem Haus herabregnen. Der

Regen wird wieder verdunsten und einige Male bis zum nächsten Winter aus einer Wolke kommen. Wenn es kalt genug ist, wird es schneien und Deine Schneekugel ist wieder bei Dir."
Timmy lauschte den Worten seiner Mama und hörte auf zu Weinen. Die Vorstellung, dass seine Schneekugel direkt vor seinem Kinderzimmerfenster heruntergeschneit kam, gefiel ihm eigentlich sehr gut. Er beruhigte sich und schlief an seine Mama gekuschelt ein.

Im nächsten Winter, kurz vor Weihnachten, war Timmy kein Kindergartenkind mehr sondern besuchte schon die erste Klasse. Als er von der Schule nach Hause ging, bemerkte er sofort, dass es kälter war als sonst. Die Wolken am Himmel waren dunkelgrau. Da war sie! Die erste Schneeflocke! Dann noch eine und noch eine. Es begann zuerst leicht und dann ganz dicht in großen Flocken zu schneien. Timmy freute sich so sehr und lachte übers ganze Gesicht.
„Hallo mein Freund! Hallo liebe Schneekugel, da bist du ja endlich wieder!"

Ende

Vielen Dank

an meine „Musen" in Form meiner Familie – vor allem meiner Mom, die mir so oft den Rücken freigehalten hat - und meinen „BFFs" – best friends forever, meinen Lebensmenschen, die mich tagtäglich inspirieren, mir Halt und Geborgenheit geben und mich nicht für verrückt erklären, wenn ich jetzt noch zu allem Anderen was meine Zeit gut füllt auch noch schreibe. Auch an die, die mich für verrückt halten, denen gilt es zu zeigen, dass man tun muss was man tun muss, wenn es aus einem herauswill, egal was daraus wird und ob etwas daraus wird. Einige dieser Geschichten sind im Rahmen der „Großen Schule des Schreibens" der Hamburger Schreibschule entstanden. Da die Wortanzahl vorgegeben war, sind manche Geschichten kürzer ausgefallen als mir lieb war. Vielleicht entsteht ja noch aus der ein oder anderen ein Roman oder ein Drehbuch, an Ideen scheitert es nicht...

Lebe deinen Traum!

Die Autorin

heißt eigentlich Brigitte Losert, aber so hat sie seit ihrem 3. Lebensjahr keiner mehr genannt. Sie sollte eigentlich mit dem Vornamen „Biggy" im Reisepass stehen. Sie ist Mama von drei lebhaften Burschen und sie mag es vielseitig und bunt. Eigentlich ist sie Fotografin, Büroangestellte und Familienmanagerin, wie sie sich gerne nennt, wenn wieder alle Bälle zugleich in der Luft sind. Sie liebt das Leben auf dem Land, im Wald und am Berg kann sie sich so richtig erden, am liebsten mit Wanderschuhen, Mountainbike oder Skiern. Sie spielt seit 1997 mit großer Leidenschaft bei einer Irish Folk Band Flöte. Zu Schreiben hat sie 2002 begonnen, als ihre erste Nichte geboren wurde. Daraus entstand – für fünf Kinder in der Familie – die fünfteilige Kinderbuchserie

„Freddy´s Abenteuer" (Freddy und die größte Haselnuss der Welt, Freddy und das verlorene Zuhause)
ISBN: 9783741296543

„Freddy und der verschwundene Weihnachtsmann"
ISBN 978-3-7392-1055-1

„Freddy´s neue Abenteuer" (Freddy und das Zirkuspferd, Freddy in der Menschensiedlung) ISBN 978-3-7460-12674-2

die liebevoll von Elke Losert (eine zufällige Namensgleichheit) illustriert wurde. Derzeit versucht sie sich am ersten Drehbuch und hat noch einige offene Roman- und Kinderbuchprojekte in der Schublade.

Impressum

Bibliografische Information der Deutschen Nationalbibliothek:
Die Deutsche Nationalbibliothek verzeichnet diese Publikation
in der Deutschen Nationalbibliografie; detaillierte
bibliografische Daten sind im Internet über dnb.dnb.de
abrufbar.

© 2020 Biggy Losert
Herstellung und Verlag: BoD – Books on Demand, Norderstedt
ISBN: 978-3-7526-2063-4